# La conspiration des rats

Joël Carobolante

# La conspiration des rats

Photos de couverture : Pixabay



Édition : BoD – Books on Demand, info@bod.fr
Impression : BoD – Books on Demand, In de Tarpen 42,
Norderstedt (Allemagne)

Impression à la demande

ISBN : 978-2-3225-2066-4
Dépôt légal : janvier 2024

*Rats des villes, et rats des champs,*

*vous l'attendiez depuis longtemps,*

*c'est l'heure du rassemblement,*

*car il est temps, il est grand temps !*


*Rats des égouts, sortez des trous,*

*quittez le monde du dessous,*

*fuyez le froid et puis la boue,*

*car maintenant tout est à vous !*


*Rats des greniers, rats des terriers,*

*vous les guerriers, soyez altiers,*

*car vous qui êtes les derniers,*

*vous allez être les premiers !*

# Table

# I

## Les faits

Des rats, et puis des rats, et encore des rats ! Des rats par-ci, des rats par-là, des rats là-haut, des rats là-bas ! Des rats partout, des rats, des rates et des ratons, des familles de rats, des hordes de rats, toutes sortes de rats, par centaines, par milliers, par millions !

C'était la grève générale chez les éboueurs de Paris, et les rats en profitaient. Toutes ces tonnes de déchets dans toutes les rues : comment ne pas avoir envie d'en profiter quand on est un rat, et d'en profiter tout de suite, pourquoi eût-il fallu attendre la nuit pour se remplir la panse ? C'était en vérité le buffet à volonté permanent, de quoi se nourrir à satiété, se gaver tant et plus, et même au besoin faire des réserves pour des jours moins fastes. C'était la liberté, l'abondance, c'était Byzance ! Nul besoin de se cacher, le nombre faisant la force, les humains n'avaient qu'à changer de trottoir s'ils avaient peur ! Et puis d'ailleurs, la peur avait changé de camp : elle n'était plus chez les rats, ces petits mammifères habituellement craintifs qui attendaient jusqu'alors la nuit pour sortir de leurs cachettes, afin de tenter d'attraper de la nourriture ici et là, dans les logements ou dans les rues, dans les commerces de bouche ou dans les poubelles. Non, désormais la chasse pouvait se faire en plein jour, il y avait tellement d'ordures qui traînaient que nul n'était trop surpris de voir des rats s'aventurer au vu et au su des humains. Ceux-ci pouvaient certes être choqués, effrayés, mais surpris, plus tellement, non !

Les rats prolifèrent donc. N'ayant plus de soucis de nourriture, on put croire aussi qu'ils se sentirent plus libres de s'adonner à la bagatelle. Cela copula effectivement à qui mieux mieux à tous les coins de rue, de jour comme de nuit, sans compter tout ce que l'on ne voyait pas. Bouffe et sexe : quel programme ! De quoi s'empiffrer à volonté et se livrer à la luxure sans compter ! De quoi oublier les vaches maigres... Dans les temps de disette, les rats peuvent se manger entre eux. Même quand ils sont repus, d'ailleurs : c'est chez eux un instinct de manger un autre rat s'il est blessé, mort ou mourant, ou de manger à l'occasion leurs propres ratons si la surpopulation menace. Mais avec toutes ces ordures, ils étaient trop occupés pour se manger entre eux, ce qui les fit proliférer encore plus.

Les Parisiens, tant les personnes habitant à Paris que celles ne faisant qu'y travailler, n'en pouvaient plus. Ils pressaient les autorités d'intervenir, de trouver des solutions. Les éboueurs grévistes eux-mêmes furent pris à partie, ce qui ne fit que les renforcer dans leur mouvement. Les négociations traînaient et les esprits s'échauffaient. Tout semblait tourner en rond, comme dans un rond-point sans sortie, par un jour sans fin. L'armée dut être appelée pour venir appuyer les forces de l'ordre quelque peu dépassées par les évènements. Il faut dire que beaucoup de personnes n'étaient pas rassurées : outre que les rats faisaient peur, des malfrats profitaient de l'occasion pour pénétrer dans les logements que leurs occupants fuyaient quand ils découvraient qu'il y avait d'autres occupants qui se faufilaient partout, comme s'ils étaient chez eux. Et puis, même dans la rue, ces malfrats profitaient de la peur de certaines personnes, de leur effroi, de leur panique, pour les agresser. C'était la psychose, la peur des rats se conjuguant à celle des malfrats. En outre, on commençait de plus en plus à parler de maladies transmises par les rats, voire même du retour de la peste, cela avait de quoi effrayer encore plus une population déjà apeurée, d'autant plus que l'on signalait aussi des disparitions mystérieuses et inquiétantes.

Les rats semblaient sortir de partout, des égouts, du moindre trou, du plus petit interstice, de mille cachettes connues d'eux seuls. Il faut dire que pour un rat, le monde n'est pas tel que nous le voyons. Là où nous voyons, par exemple, un simple bâtiment, le rat découvre, lui, des canalisations, des bouches d'aération, tout un univers à explorer et à occuper, pour lui et pour les siens. En temps normal, Paris regorge déjà de plus de rats que d'habitants. Mais là, ils étaient nettement beaucoup plus nombreux : Paris était devenu leur ville, la Ville Lumière était devenue celle du peuple de l'ombre, de la nuit, celle des rats.

Cependant, les meilleures choses ont une fin. La grève des éboueurs cessa et, le temps de ramasser tout ce qui traînait, tout redevint bientôt comme avant. Enfin, pas tout à fait. Car les rats étaient décidément devenus très nombreux, trop nombreux. Si les Parisiens ne l'avaient pas encore compris, ils le comprirent vite.

Toujours de plus en plus nombreux, les rats avaient moins à manger. Et ils avaient faim, une faim de loup, si l'on peut dire. Ils se mirent alors à grignoter tout ce qu'ils rencontraient, y compris, faute de mieux, des câbles électriques et des canalisations. Cela entraîna quelques incendies et inondations quand ils rongèrent les uns et les autres, ainsi que des explosions dues à des fuites de gaz. Comme si cela ne suffisait pas, on attribua l'effondrement de quelques habitations aux galeries creusées par les rats dans leur sous-sol – galeries qui les auraient fragilisées.

On a d'ailleurs à l'époque beaucoup prêté aux rats. Comme de s'attaquer aux personnes lors de leur sommeil. Il est vrai qu'il y eut des doutes dans quelques cas, surtout ceux concernant des personnes fragilisées ou handicapées. Certes, les rats n'avaient plus peur de l'homme, mais de là à l'attaquer de front, certains récits étaient sans doute exagérés. Les rats se mirent-ils vraiment à grignoter les pieds de certaines personnes ? Cauchemar ou réalité ? Affabulation ou constatation ? Qui sait ? Par contre, des rats commencèrent effectivement à dévorer quelques personnes mortes dont on n'avait pas encore découvert les corps ou que l'on avait laissés sans surveillance. C'est que les rats avaient le don de pénétrer partout, même dans les endroits les plus incongrus où nul ne les aurait attendus, alors même qu'à cause de leur prolifération, chacun s'était accoutumé à les attendre quasiment partout.

Les racontars allaient bon train. On parlait d'un complot, d'une manipulation, d'un chef des rats appelé le roi des rats. C'était ignorer l'organisation sociale des rats : ils n'ont pas un roi, mais des milliers de petits chefs locaux. En fait, les rats vivent un peu comme nos lointains ancêtres, en petits groupes, toujours dans la peur, risquant sans cesse leur vie à la recherche d'une quelconque nourriture. Ils se battent et se dévorent entre clans, dans un monde dur et sans pitié. Et puis, en ville, il y a l'homme, leur seul véritable prédateur. Face à lui, ils préfèrent prendre la fuite, sans demander leur reste, car ils sont plus peureux, ou du moins méfiants, que téméraires.

Pour contrer leur prolifération, le nouveau maire de Paris décida tout de go de les exterminer. Rien de moins : la solution finale, sans autre discussion, ni concertation avec l'opposition. Certes, les écologistes et les défenseurs des animaux  protestèrent, tant pour la protection de la nature qu'à l'égard de l'utilité des rats en tant qu'éboueurs adjoints pour la municipalité – car les rats parisiens, mine de rien, en se nourrissant dans les égouts et les canalisations, contribuent à éviter l'engorgement de ceux-ci. Mais rien n'y fit : le maire s'obstina dans son sombre projet. Les Parisiens étaient divisés. Certes, ce ne fut pas la guerre civile, mais enfin, il y eut les pour et les contre, ceux qui collaborèrent avec la mairie dans la recherche et l'extermination des rats, et ceux qui s'érigèrent en partisans pour défendre la survie d'une espèce animale menacée.

Comme jadis, des primes furent offertes à ceux qui ramenaient des rats morts. Comme jadis, des petits malins décidèrent alors d'élever des rats pour les tuer et empocher les primes. Les plus pauvres, les sans-abris se saisirent de l'occasion pour se faire quelques sous : c'était autant de gagné. Pendant ce temps-là, les militaires continuaient de courir après les rats, avec l'aide des policiers et des CRS, mais leur chasse urbaine paraissait vaine, le nombre de rats ne semblant pas diminuer, bien au contraire.

Cependant le monde est ainsi fait que l'actualité est impitoyable : un évènement en éclipse rapidement un autre s'il est plus médiatique. Ce fut le cas à Paris, d'autres évènements prirent le dessus, et la guerre contre les rats passa vite au second plan, puis au troisième, au quatrième, et elle ne fut bientôt qu'un lointain souvenir. Peu à peu, on en revint à la situation antérieure aux grèves, à savoir celle d'une cohabitation plus ou moins sereine entre les humains et les rats. On finit aussi par se rendre compte que l'on avait sans doute exagéré les méfaits des rats et que tout ne s'était pas passé forcément comme on l'avait raconté. La dératisation intégrale voulue par la mairie fut abandonnée, et les esprits se calmèrent de tous côtés. L'éradication des rats ne fut plus d'actualité, les rats étaient sauvés.

Fin de l'épisode ? Non, au contraire ! De nombreuses légendes commencèrent alors à courir à qui mieux mieux sur les rats et leur prétendue conquête de Paris. L'histoire ne faisait en fait que commencer.

## II

### Une version complotiste

Les Parisiens l'appellent le roi des rats, ou plus simplement le roi Rat. C'est selon eux le chef incontesté des millions de rats qui peuplent Paris. Le roi Rat, tel le dieu Râ de l'ancienne Égypte, est au-dessus du commun des mortels, tous les rats lui sont soumis et s'inclinent devant lui. On le soupçonne d'être quasi immortel ou, à tout le moins, d'avoir plusieurs vies, d'avoir plusieurs fois vaincu la mort. Comme tout bon monarque qui se respecte, il est perçu par les Parisiens comme gros, grand et gras. Loin d'être vu comme un roi fainéant, on le perçoit plutôt comme un roi terroriste, puisque ses troupes sèment la terreur dans Paris et qu'il est assurément contre l'ordre établi – du moins s'il n'est pas établi par lui-même, tel celui des humains. On raconte aussi que c'est un mutant, sans expliquer l'origine de sa mutation, naturelle ou non. On le dit enfin tyrannique et cruel, tyrannique envers les autres rats qu'il commande avec mépris, et cruel envers les humains qu'il exècre. Il serait envers ceux-ci assoiffé d'un désir de vengeance, peut-être à la suite d'un mauvais tour qu'ils lui auraient joué, nul ne sait. En tous les cas, le roi Rat inspire la peur, voire l'effroi.

C'est le roi de la nuit et des ténèbres. Il vit dans les profondeurs de la terre. Où donc ? Certains ont voulu mettre son trône au cœur des Catacombes, parmi tous les ossements des millions de Parisiens qui sont empilés là. Mais ce n'est qu'une pure légende : le lieu est trop fréquenté par les touristes pour constituer une bonne cachette, sauf peut-être la nuit. Non, le roi Rat dirige son monde depuis un autre espace souterrain tenu secret, bien à l'écart des touristes, des aventuriers du sous-sol parisien et des égoutiers. Nul humain n'a jamais pu pénétrer en son royaume. Sa cour est pléthorique : comment pourrait-il en être autrement puisqu'il a des millions de sujets qui le vénèrent ? Mais le roi Rat n'est pas accessible à tous ses sujets : seuls ses principaux conseillers et ses éminences grises ont accès à lui dans son palais secret. Les autres doivent attendre à l'extérieur qu'il daigne se montrer.

Ce fut là qu'il décida de la guerre ultime contre les humains. Il avait été informé de la grève des éboueurs et des tonnes de déchets qui s'accumulaient dans les rues de Paris. Après une mûre et royale réflexion, il avait convoqué son Premier ministre :

– Écoutez, j'ai décidé que le grand jour est enfin venu : nous devons attaquer maintenant, tant que notre grand ennemi est faible, tout empêtré qu'il est dans ses ordures. Convoquez immédiatement les principaux chefs locaux pour organiser en ma présence une réunion préparatoire à l'offensive. Chacun devra savoir ce qu'il aura à faire. S'en prendre aux ordures ne suffit pas. Je veux que les rats s'introduisent dans toutes les habitations, qu'ils dévorent tout, qu'ils rongent tout, qu'ils s'empiffrent de tout ! Tout doit y passer, je veux une orgie générale ! Je veux aussi qu'on n'oublie ni les chats ni les chiens ! Eux aussi, il faudra s'en occuper !

– Majesté, vous voulez que tous ces rats viennent ici ? demanda, surpris, le Premier ministre.

– Absolument ! Telle est ma royale décision !

– À vos ordres, majesté ! répliqua son Premier ministre.

– Préparez-moi cette réunion pour demain. Il ne faut pas perdre de temps !

– Oui, majesté !

– Car tel est mon bon plaisir ! ajouta malicieusement le roi Rat, d'un sourire narquois.

Le premier ministre fit la révérence et se retira à reculons, selon les usages de la cour. Il avait lui-même quelques jours plus tôt suggéré humblement au roi de songer à passer à l'offensive. La décision royale lui convenait donc. Mais de là à inviter au palais tous les chefs locaux, tous ces rats qui n'avaient pas les mêmes quartiers de noblesse que lui-même, c'était presque mander les manants à la cour. Mais enfin, la volonté royale ne se discute pas. Que Sa majesté condescendît ainsi à convoquer de tels rats montrait sans doute l'importance qu'elle voulait conférer à cette assemblée.

Bien sûr, ce n'est là qu'une interprétation de ce qui se tint ce jour-là au palais royal. Il n'y eut aucun témoin et, de plus, les deux rats ne communiquaient que comme des rats, par leur langage corporel, par leurs phéromones, par des gazouillis et grincements, ainsi que par des vocalisations ultrasoniques. Mais nul doute que ce qui a été rapporté correspond bien à la réalité des faits.

Le lendemain, ils étaient tous là. Outre les habitués de la cour, il y avait des centaines et des centaines de rats, quelque peu impressionnés de se retrouver en ce lieu, le saint des saints, en présence de de Sa majesté elle-même.

– Taisez-vous ! Sa majesté va parler ! clama le Premier ministre.

Le roi Rat attendit que tout le monde fît silence, puis il se redressa sur son trône (en fait, une cuvette de toilette égarée là, mais les humains eux-mêmes appellent cela un trône), et regarda l'assemblée d'un air dubitatif. Il n'y avait là que les chefs, des rats de type alpha comme lui, les rats les plus gros et les plus rusés, les plus intelligents donc, et non des rats de type bêta, ces rats moyens en tout, à peine au-dessus des rats de type oméga, la piétaille, la lie de la société. Ils étaient tous de sa horde, sans doute la plus importante de Paris (contrairement à la flatteuse légende humaine, il savait bien, lui, que son royaume ne couvrait pas tout Paris). Cependant il doutait quand même de se trouver en face de la crème de la crème. Ils étaient si nombreux : comment pourraient-ils tous avoir les mêmes qualités que lui, sa grandeur, son intelligence, sa noblesse ? Certes, en l'occurrence, c'était surtout l'efficacité qui était à rechercher, mais quand même...

– Peuple des rats, écoutez ! clama-t-il enfin. Si j'ai daigné vous convoquer ici, c'est pour vous dire l'importance que j'attache à l'offensive que nous allons mener. Les humains nous malmènent depuis toujours, cela n'a que trop duré ! Nous sommes contraints de nous terrer dans nos cachettes. Nous ne pouvons guère sortir que la nuit pour chercher notre nourriture. Et quelle nourriture ! Nous nous contentons trop souvent des déchets des humains. Nous faisons notre gras de leurs saletés, de leurs poubelles, voire même de leurs crachats et de leurs vomis, alors qu'eux-mêmes se régalent de mets succulents qu'ils ne veulent pas partager ! Regardez tous ces magasins qui regorgent de bonne nourriture ! Vous en connaissez peut-être certains. En tout cas, vous devez connaître des appartements ou des caves avec des mets exquis, à vous mettre l'eau à la bouche ! Mais les humains ne sont que des égoïstes, des nuisibles, des parasites qui ne veulent rien partager, pas le moindre morceau de viande. Et puisqu'ils ne veulent rien partager, il faut les éliminer ! Leur nourriture sera alors à nous ! Et il n'y a pas qu'eux ! Leurs chiens et leurs chats sont à mettre dans le même sac, notre sac de provisions ! Comment faire ? me demanderez-vous. C'est bien simple : il faut profiter de leur grève des éboueurs pour se montrer partout au grand jour ! N'ayez plus peur, montrez-vous avec tous vos guerriers ! Sortez de vos trous, quittez les égouts, vivez au grand jour ! Et profitez-en pour répandre partout vos puces, votre urine et vos excréments ! Les humains, tout imposants qu'ils sont, sont fragiles comme tout : ils attrapent facilement des maladies. J'ai ouï-dire que jadis ils succombèrent par millions à un fléau appelé la peste, une maladie transmise par les puces que portaient nos ancêtres. Depuis lors, ils se méfient de nous, ils utilisent des poisons contre nous, sans compter leurs chats et leurs chiens ! Rendez-les tous malades, et dès qu'ils seront faibles, dès que l'occasion se présentera, vous devrez tous les dévorer jusqu'au dernier ! Alors, des temps nouveaux se lèveront pour le peuple des rats, un avenir glorieux et radieux sous un ciel tout bleu, une nouvelle ère, celle de notre peuple, notre ère à nous, celle du peuple des rats ! Nous pourrons enfin sortir de nos trous et vivre au grand jour ! Il en sera ainsi, car tel est mon bon plaisir ! Allez, et agissez ! Prévenez vos guerriers, organisez-vous, et agissez sans plus tarder ! Et sachez que j'autorise chaque rat à dévorer aussi tout rat récalcitrant qui ne mettrait pas toute son ardeur à la tâche ! La victoire est au bout du chemin, mes amis ! Allez, ouste !

Le roi Rat quitta son trône sous les vivats, puis se rua vers son harem où l'attendaient des rates en chaleur. Il en renifla une avant de frotter son museau contre le sien. Le frotti-frotta continua, puis la rate s'aplatit et le roi Rat glissa sur elle et lui mordilla le dos avant de lui faire son affaire. Il honora ainsi plusieurs fois toutes les rates, puis ses principaux conseillers firent de même. L'un d'eux, un peu trop vieux, n'y survécut pas. Trop pressé, il voulut prendre la place d'un plus jeune qui le blessa mortellement. Le roi Rat vint le renifler, goûta son sang qu'il trouva succulent, et décida illico de tout manger du vieillard. Après quoi, repu, il alla s'étirer sur sa couche, satisfait de sa journée, tout en se demandant pourtant quelle mouche l'avait piqué pour qu'il appelât les rats ses amis. Quelle idée ! Tout à sa harangue, son exaltation l'avait poussé à dire un peu n'importe quoi !

Quant à tous les chefs locaux, ils se retirèrent dans un brouhaha indescriptible, galvanisés qu'ils étaient par les propos royaux – de leur ami le roi, donc. Une fois rentrés chez eux, chacun sonna le rappel pour réunir ses guerriers, et essaya de répéter plus ou moins mot à mot la harangue du roi Rat. Leurs guerriers comprirent surtout que c'était désormais la ripaille immédiate et obligatoire, et qu'il fallait agir sans peur, parce que le monde appartenait désormais aux rats. Sans plus tarder, ils partirent donc à l'attaque.

Les commandos furent multiples, tous bien organisés. Chacun avait ses éclaireurs qu'il fallait suivre à la trace, celle de leur urine, si la voie était effectivement libre. Les guerriers venaient ensuite pour s'occuper, soit des poubelles, soit des logements, ou de tout ce qui pouvait traîner dans les rues. Le plus risqué était de s'introduire dans les logements, mais cela pouvait vraiment en valoir le coup : quelle succulente nourriture à dévorer dans la vaisselle non lavée laissée dans un évier, ou parmi les provisions laissées sur une étagère ou dans un meuble de cuisine ! Par contre, le problème était souvent l'accessibilité : il fallait faire de l'acrobatie, quitte à risquer de faire tomber quelque ustensile, ou même une étagère peu solide ! Et alors, bonjour le réveil : l'affolement dans le logement, les humains qui se pointaient sans être particulièrement d'humeur à se laisser attendrir, le sauve-qui-peut général pour les rats, et malheur à eux s'ils ne trouvaient pas la sortie en moins de temps qu'il ne faut pour le dire ! Mais quel régal si tout se passait bien : des assiettes et des plats avec des restes, un délice... C'était à tomber par terre !

Et avec souvent du pain, des biscottes, des biscuits – du moins si quelque souris n'était déjà pas passée par là ! Les souris : un autre fléau, des moins que rien qui avaient plutôt intérêt à s'éclipser devant les rats ! Non, mais ! Mais, mais justement, il fallait savoir rester aux aguets, quelque chat ou quelque chien pouvait être couché dans un coin et se réveiller sans prévenir... Le danger était partout !

Certains guerriers préféraient donc chercher ailleurs, notamment les caches des commerces de bouche. S'ils les trouvaient, c'était le pactole ! Des victuailles à qui mieux mieux, de quoi se remplir la panse et se constituer des réserves pour les jours à venir, pour soi-même comme pour les autres rats de la tribu. Certes, le plus intéressant était souvent gardé dans des chambres froides, on pouvait rôder autour, mais pas moyen d'y entrer. Mais qu'importe ! À côté, on trouvait toujours quelque chose à se mettre sous la dent. Ah ! les dents ! Chez tous les rongeurs normalement constitués, elles sont toujours à pousser, il faut donc toujours trouver quelque chose à manger ou à ronger, le jeûne n'est jamais une option. Ainsi va la vie des rats !

Tous ces commandos de rats firent tant et si bien que les Parisiens ne virent plus qu'eux, la nuit, le jour, et même pendant leurs rêves qui viraient plutôt au cauchemar. Certains se voyaient manger de la viande qui reprenait vie et se révélait être du rat, d'autres croyaient sentir des rats leur manger les pieds, des femmes accouchaient de rats, d'autres rêveurs encore en expulsaient en allant aux toilettes ou en vomissant après un bon repas, les rats sortaient d'ici, et puis de là, ouvrait-on une porte ou un placard, des rats jaillissaient aussitôt et se faufilaient entre vos jambes, pas moyen de les attraper, ils étaient partout, même en décoration sur les murs des appartements ou dans la rue sur les panneaux publicitaires, à la télévision et sur tous les écrans numériques, des rats à profusion à vous donner une indigestion pour le restant de vos jours, et à vous réveiller en sursaut, la tête en compote, avec la peur de se rendormir et de retrouver ces horribles, grosses et épouvantables bestioles.

Lorsque l'armée intervint, la situation ne changea pas du tout au tout, car que pouvaient faire les militaires contre une telle invasion ? On aurait même dit que les rats s'amusaient à les faire courir et à les faire tomber. Les rats ne riaient pas, mais s'ils l'avaient pu, ils ne s'en seraient pas privés. Ils semblaient prendre un malin plaisir à apparaître là où on ne les attendait pas, comme dans des escaliers, ce qui ne manquait pas de faire choir leurs chasseurs tout surpris. Ces derniers en eurent vite assez : les combats au corps à corps, ce n'était plus vraiment leur spécialité et quant à employer les chars d'assaut contre les rats, il ne fallait pas y compter, même si cela leur aurait bien fait plaisir de les écrabouiller en masse. Il ne restait plus alors que les gaz, comme jadis, mais comme jadis on ne pouvait pas les employer n'importe comment ni n'importe où.

La fin de la grève des éboueurs sonna cependant comme une déroute pour les rats. Les militaires et les forces de l'ordre se retirèrent et les ordures furent ramassées. Cela prit certes un peu de temps, mais les montagnes de déchets s'aplatirent peu à peu, puis disparurent même complètement. Les rats en furent quelque peu dépités, découragés, au point pour certains de tout abandonner : il n'y aurait donc plus rien à manger, plus rien pour faire bombance ? Autant se laisser envahir dans ses terriers ! Sitôt informé, le roi Rat convoqua son grand Conseil pour une réunion de crise. C'était le dix-huit juin.

— Silence, les rats ! leur ordonna-t-il d'un ton autoritaire. L'heure est grave, très grave ! Nous avons perdu une bataille, mais nous n'avons pas perdu la guerre ! Certains ont pu capituler, cédant à la panique, oubliant l'honneur, mais rien n'est perdu ! Dans tout Paris, il existe encore des rats qui n'ont pas encore combattu ! Un jour, ces rats nous conduiront jusqu'à la victoire ! Je vous appelle à vous joindre à moi pour continuer le combat ! Tel est mon but, mon seul but !

Quelque peu surpris par la brièveté de ces propos, un conseiller osa murmurer :

— Majesté, si je puis me permettre, nos guerriers sont épuisés à force de se goinfrer de tant de déchets et de victuailles. Peut-être qu'un peu de repos, de jeûne...

Le roi Rat eut soudain envie de se jeter sur ce conseiller et d'en faire son repas, mais il se retint, difficilement il est vrai. Il n'eut même pas besoin d'émettre le moindre son, tout le monde comprit et chacun se retira sans plus attendre. Seul le Premier ministre resta face au roi Rat.

— Eh bien quoi ? s'exclama celui-ci. Que lambinez-vous encore ?

– Majesté, si j'osais, répondit le Premier ministre, ne faudrait-il pas faire alliance avec d'autres rongeurs, avec d'autres rats même ? Voire avec les souris, et pourquoi pas même avec nos ennemis les serpents ? Nous nous attaquons à un si grand ennemi !

Le roi Rat le regarda d'un air fort contrarié. Tout ne se passait décidément pas comme escompté, mais de là à s'allier avec des moins que rien...

– Et qu'en est-il de la peste attendue ? ajouta le Premier ministre.

Le roi Rat le fusilla du regard :

– C'est assez ! Disparaissez ! Et quant à l'insolent qui a osé me contredire, tuez-le, et jetez-le aux autres rats ! Quant à vous... Je déciderai, et moi seul, en temps voulu, de la stratégie à suivre. Sortez !

Le roi Rat se demanda s'il avait bien fait de laisser son Premier ministre en vie. Ce malotru commençait un peu trop à s'y croire... Mais enfin, il avait de l'expérience, et les autres ne valaient pas mieux. La peste : qu'y pouvait-il si la tradition orale le prenait en défaut, s'il n'y avait plus aucune grande épidémie comme jadis ? Peut-être que cela allait finir par arriver ? Et quant à faire alliance avec les souris, non, c'était chacun pour soi ! Les serpents ? Les serpents domestiques, à eux de se débrouiller pour reprendre leur liberté, et quant aux serpents sauvages, à eux de se montrer au grand jour, sans être toujours à se cacher, non mais ! Le roi Rat émit un gémissement, puis décida de piquer un somme. Demain serait un autre jour.

Au même moment, chez les humains, une réunion de crise allait se tenir au ministère de l'Intérieur, en présence de plusieurs ministres, de la maire et de membres du Conseil de Paris. Dès qu'elle arriva, peu avant le début de la réunion, la ministre de l'Éducation signala aux personnes présentes l'inquiétude de nombreux parents après la découverte de rats dans les écoles, principalement dans les cours de récréation. Plusieurs enfants s'étaient même mis en tête de les apprivoiser et de leur donner des noms, c'est ainsi que l'on ne comptait plus les rats nommés Ratatouille. Le ministre des Armées aurait voulu, lui, rester silencieux, ne souhaitant rien ajouter pour sa défense, chacun connaissant trop bien le résultat mitigé de l'intervention de ses troupes. Cependant il ne put s'empêcher de rappeler que jadis, lors de la guerre des tranchées, les chats avaient été fort utiles contre les rats.

– Et si on lâchait les furets ? suggéra-t-il brusquement.

En guise de réponse, la ministre de la Culture (certains se demandaient ce qu'elle faisait là) fredonna :

*– Il court, il court le furet, le furet du bois, mesdames...*

Un membre du Conseil de Paris chantonna à son tour, sans s'apercevoir que le ministre de l'Intérieur entrait :

*– Il court, il court le curé qui voit des dames...*

Comme ledit ministre faisait l'objet de commérages pour des histoires de mœurs, alors qu'il se présentait en père la vertu, un silence gêné s'ensuivit. Il commençait à peser lourd quand, un peu décontenancé, le ministre décida de faire celui qui n'avait rien entendu. Il toussota et fit un point rapide de la situation qu'il jugea catastrophique, pour employer un euphémisme. En cela, son point de vue était curieusement similaire à celui de certains rats. La ministre de la Culture le coupa presque, comme si elle était agacée par ses propos :

— Il faut que vous compreniez bien la vie des rats, si vous voulez les combattre comme il faut.

Le ministre de l'Intérieur leva les bras au ciel :

— Alors, expliquez nous !

— Bien ! reprit la ministre. Tout commence par un groupe de rats, une quarantaine ou une cinquantaine. Quand ils deviennent trop nombreux, un rat s'en va fonder une colonie ailleurs, avec ses rates et quelques guerriers. Puis la colonie s'agrandit, cela devient une tribu dont peuvent descendre des centaines d'individus, puis même des milliers, une vraie horde, car tout va très vite. Tous les deux mois, sauf en hiver, une rate peut donner naissance à une douzaine de ratons, et ces ratons pourront à leur tour avoir des petits quatre mois plus tard. La mère s'en occupe pendant un mois, et après elle les met à la porte pour qu'ils vivent leur vie. En cas de disette, ou si les ratons ont un problème, ils peuvent se faire dévorer par d'autres rats ou par leurs propres parents. Mais vous pensez bien que cela n'empêche pas les rats de pulluler quand ils ont suffisamment à manger.

— Et alors ? lâcha le ministre de l'Intérieur, quelque peu agacé.
— Et alors, reprit la ministre, quand les rats sont

nombreux, des classes se forment avec des dominants et des dominés. Mais il n'y a pas de lutte des classes : les dominés restent des dominés. Il ne faut pas compter monter les rats les uns contre les autres. Sauf si un rat tombe sur un intrus, un autre rat qui n'est pas de sa tribu et qui vient sur son territoire. Les rats se reconnaissent à l'odeur. Si l'intrus ne sent pas comme il faut, alors là, c'est la bataille mortelle. Pour le plus faible, c'est le suicide assuré. De peur, il hérissera le poil, il se fera dessus, il couinera, mais il finira quand même dévoré par son vainqueur. Empiéter sur le terrain de chasse de quelqu'un d'autre est absolument à éviter quand on est rat ! Et c'est là un atout pour nous ! Si les rats sont nombreux, des millions à Paris, ils forment forcément plusieurs tribus, plusieurs hordes antagonistes. Il faudrait les faire se rencontrer pour qu'ils s'entretuent, ce n'est pas plus compliqué que cela ! Il faut organiser de vraies ratonnades, si je puis dire, au sens littéral du mot : des ratonnades contre les rats !

Le ministre de l'Intérieur, d'un air ironique, applaudit des deux mains :

— Ben voyons ! On va monter un club de rencontre sadomaso, peut-être ?

La maire de Paris, qui était membre d'un parti écologiste, s'indigna :

— Des ratonnades ! Vous n'y pensez pas ! Quel horrible mot ! On se croirait revenus au temps de la guerre d'Algérie ! C'est du racisme envers les rats ! Je vous demande de vous arrêter ! Retirez immédiatement ces propos !

– Des amalgames, toujours des amalgames ! s'exclama la ministre de la Culture. Vous mélangez tout ! Traitez-moi donc franchement d'affreuse raciste, tant que vous y êtes ! Le mot ratonnade vient simplement de raton, et raton de rat, ce n'est quand même pas compliqué à comprendre !

– Allons, allons ! fit le ministre de l'Intérieur. Ne vous crêpez donc pas le chignon comme ça !

– Vos propos sont misogynes ! lâcha la ministre de la Culture à son intention.

– J'avais pensé au furet, déclara soudainement le ministre des Armées.

– Le furet ? reprit le ministre de l'Intérieur.

– C'est un prédateur naturel des rats, expliqua son interlocuteur. Il faudrait réintroduire le furet à Paris. Ou la fouine. Ce serait naturel et écologique. Il y a encore les serpents et les rapaces, mais cela poserait divers problèmes, je pense.

Le ministre de l'Intérieur leva les yeux au ciel. Un ange passa, puis il soupira :

– Soyons sérieux ! Paris regorge déjà de chats, et ça n'empêche pas les rats de pulluler. Les furets ou d'autres bêtes n'y changeraient sans doute rien. Et quant à faire en sorte que des rats rivaux s'entretuent, il faudrait tout d'abord les attraper ! Non, ce qu'il faudrait, c'est mettre le turbo sur la dératisation. Pour cela, nous avons besoin de la pleine collaboration de la mairie de Paris et de tout son personnel.

Le ministre de l'Intérieur connaissait les réticences de la maire de Paris à l'égard d'une dératisation massive. Ladite maire s'empressa d'ailleurs de les lui rappeler. La réunion se prolongea par de multiples discussions. À la fin, la maire dut s'engager à traiter du problème des rats lors du prochain Conseil de Paris prévu quelques jours plus tard. Elle tint effectivement sa promesse, mais la majorité du Conseil la désavoua en votant, malgré son avis contraire, pour une dératisation massive. La maire prit la mouche et démissionna aussitôt. Son remplaçant, élu peu après, promit de s'engager à fond dans la guerre contre les rats.

– La dératisation n'aura pas de ratés ! martela-t-il d'un ton solennel.

Tous les personnels disponibles de la mairie furent mobilisés, et l'on fit même appel à des volontaires des services administratifs, pourtant peu habitués à ce genre de travail. Il s'agissait de proposer des raticides aux particuliers et, si possible, de les aider à traquer les rats là où il pouvait y en avoir. Ou encore, plus simplement, d'afficher sur les espaces publics, ou de publier sur Internet, des annonces promettant une récompense à ceux qui ramèneraient des rats morts aux services de la voirie. Divers pièges à rats étaient aussi proposés à toutes les bonnes volontés. La police nationale et la police municipale, ainsi que des CRS et des éléments du GIGN et du RAID étaient aussi concernés par l'opération, soit par leur intervention directe, soit par leur mise en alerte. Les militaires furent même remobilisés, mais cette fois-ci avec des équipements plus appropriés, comme des drones ou divers appareils de détection adaptés à la chasse aux rats, tant en surface qu'en milieu souterrain.

Tout cela, parce que les rumeurs allaient bon train, en s'amplifiant toujours plus. On parlait maintenant de risque sanitaire comme de menace terroriste. On racontait qu'il y avait des malades, beaucoup de malades à cause des rats. Des personnes affirmaient avoir été mordues par des rats enragés. Le bruit circulait même que la peste et la lèpre étaient de retour, mais que les autorités dissimulaient les corps de ceux qui en mouraient pour ne pas affoler la population. Aux informations, on n'entendait d'ailleurs que des nouvelles rassurantes, comme quoi tout était sous contrôle, qu'il n'y avait pas lieu de se confiner, mais en fait chacun ou presque se confinait déjà de son plein gré. Les réseaux sociaux amplifiaient les rumeurs, comme celles de nombreuses personnes disparaissant mystérieusement. Selon les versions, elles étaient dévorées en sortant de chez elles, ou elles étaient entraînées par des rats dans le sous-sol parisien où, là aussi, elles finissaient dévorées sans laisser de traces.

On parlait évidemment d'une conspiration orchestrée par le roi des rats. Mais il était aussi question de divers complots organisés par des ennemis de l'intérieur ou de l'extérieur. Tout le monde y passait, les services secrets russes ou américains, chinois aussi ou d'autres pays, diverses organisations internationales plus ou moins secrètes, des sectes de toutes sortes, ou même de simples individus ayant modifié le génome des rats, ou les ayant entraînés pour partir à la conquête de Paris.

Parallèlement, l'opération de dératisation commençait pour sa part à porter quelques fruits. À force d'être traqués, les rats se retirèrent effectivement en grand nombre dans le sous-sol parisien. Mais tous les fruits de la dératisation n'étaient cependant pas bons. Comme les humains avaient beaucoup côtoyé les rats, ils attrapèrent diverses maladies. De plus, revenus dans leur mode souterrain, les rats commençaient à avoir faim, très faim même. N'ayant plus rien d'intéressant à se mettre sous la dent, ils s'en prirent alors à tout ce qu'ils pouvaient trouver, y compris à des câbles ou à des canalisations. Ils ne mangeaient pas tout, mais ils rongeaient tout. Il en résulta des fuites d'eau et de gaz, ainsi que des coupures d'électricité. Et puis des inondations et des explosions. Cela commençait à faire beaucoup pour la population, d'autant plus que les autorités employaient aussi parfois la manière forte pour déloger les rats, tant en surface qu'en sous-sol. On avait parfois l'impression de se trouver vraiment dans un pays en guerre – alors même que les autorités n'osaient pas parler de guerre contre les rats.

Chez ces derniers, la révolte couvait : après l'abondance, après les vaches grasses, c'était l'époque des vaches maigres, c'était la disette. À ronger tout ce qui traînait, à ronger son frein même, il y avait de quoi ruminer de mauvaises pensées. Les chefs des guerriers avaient beau motiver ceux-ci pour les inciter à sortir de leurs terriers pour combattre les humains, ils avaient bien du mal à se faire obéir. Chez les humains, quand il y a la guerre, il est fréquent de tenter de déshumaniser l'ennemi afin que les soldats n'aient aucun scrupule à le tuer. On le traite volontiers de vermine, de cafard ou même de rat pour le considérer comme un moins que rien qui n'a plus rien d'humain. Mais chez les rats, déshumaniser l'ennemi ne marchait pas. Certes, ils n'avaient aucun scrupule à s'en prendre aux humains, à les dévorer au besoin quand c'était possible, mais cela ne suffisait pas pour les motiver à les attaquer. Il fallait trouver autre chose. Le roi Rat le comprenait, mais il ne trouvait pas.

– Majesté, lui dit un jour son Premier ministre, si nous semions la pagaille parmi les humains ? On pourrait s'en prendre à leurs animaux domestiques, aux chats et aux chiens, les faire disparaître. On pourrait libérer leurs rongeurs domestiques, voire leurs serpents domestiques. Cela occuperait les humains qui nous laisseraient alors en paix. Qu'en pensez-vous ?

– Diantre ! s'exclama le roi Rat. Que vous voilà en pleine forme ! Faire alliance avec les chats, les chiens, les serpents, tous nos ennemis jurés ! Des ennemis héréditaires ! Vous n'y pensez pas ! Vous m'en aviez déjà parlé : je vous le dis et redis, c'est non !

– Majesté, il s'agirait juste de les libérer, puis de les attirer en sous-sol pour faire leur affaire.

Le roi Rat regarda son Premier ministre d'un air dubitatif. Était-il complètement stupide, ou voulait-il tester son souverain pour voir s'il jouissait encore de toutes ses facultés ? En tout cas, il commençait vraiment à devenir un peu trop pénible. Le roi Rat se dit qu'il connaissait déjà le menu d'un de ses prochains repas. Malgré tout, il donna finalement carte blanche à son Premier ministre pour agir selon ce qu'il avait suggéré. Au point où l'on en était, il valait mieux tout essayer que de passer pour un faible auprès de ses sujets. Quitte à faire porter plus tard le chapeau à son Premier ministre si cela tournait mal.

Dans les jours qui suivirent, on vit donc des rats s'introduire dans les logements pour libérer chiens et chats, hamsters et gerbilles, cochons d'Inde, souris, rats et serpents domestiques. Ce ne fut pas toujours facile, et de nombreux rats périrent dans l'opération. Comme prévu, chez les humains ce fut effectivement la pagaille, et même la zizanie dans les couples, chacun reprochant à l'autre de n'avoir pas assez surveillé le petit chéri d'animal de compagnie. Quand il apparut que les animaux disparus ne revenaient pas ou que l'on ne les retrouvait pas facilement, leurs propriétaires s'émurent, et donc l'opinion publique, et donc les électeurs et les élus. En même temps que la chasse aux rats, les autorités voulurent alors contraindre les militaires, les forces de l'ordre et tous les volontaires à partir à la chasse aux chats, chiens et compagnie. Mais assez, c'est assez ! dirent certains policiers en menaçant de faire grève.

Si beaucoup de Parisiens ne récupérèrent jamais leurs animaux, ceux-ci ne disparurent pas pour autant dans le sous-sol de la capitale, comme l'avait escompté le Premier ministre. Les rats s'attaquèrent certes aux animaux blessés ou à ceux qui devinrent affamés au bout de quelques jours, mais la plupart se mirent à errer dans Paris, ou furent récupérés par des particuliers ou des associations. S'ils avaient un moyen d'être identifiés, ils avaient encore une chance de revoir leurs propriétaires, mais ce n'était pas le cas de tous. Quant aux serpents, ils semèrent l'effroi dans la capitale et firent aussi des victimes parmi les rats. Nombreux furent ceux qui furent dévorés tout crus.

Pouvait-on alors qualifier le plan des rats de succès ? Certes, ils étaient un peu moins pourchassés, les humains étant débordés par tout ce qui leur tombait dessus. Mais ce n'était cependant pas encore l'idéal. Les amis des rats s'activaient pourtant à freiner la campagne de dératisation. Il y avait même de véritables opérations de commandos pour saboter tout ce qui était fait dans le cadre de cette campagne : les raticides étaient enlevés, les pièges à rats détruits, les accès vers les cachettes des rats rendus inaccessibles aux humains. Des associations étaient très actives dans ce domaine, mais aussi de simples particuliers, y compris les rats de bibliothèque. Plusieurs d'entre eux, des hommes comme des femmes (des rates de bibliothèque, donc), voulurent jouer le rôle de médiateurs entre les humains et les rats. En tant que dévoreurs de livres, ils pensaient en savoir beaucoup sur les rats, sur leurs goûts et leur mode de vie. Beaucoup avaient d'ailleurs chez eux des rats domestiques. Mais ceux-ci n'ont pas les mêmes comportements que leurs cousins sauvages, et la théorie des livres peut simplifier la complexité de la vie. Ces tentatives de conciliation échouèrent donc : les rats domestiques envoyés en éclaireurs pour tenter d'ouvrir des négociations, ou du moins pour faire baisser les tensions, se firent tout bonnement dévorer par les rats sauvages, sans aucune forme de discussion préalable.

Il y eut toutefois une exception : un rat domestique réussit à s'infiltrer dans une tribu de rats. Comme il était assez intelligent, il parvint même à séduire des conseillers du roi Rat qui l'introduisirent auprès des instances royales. Ce rat s'appelait Adam, même si plus tard il devait être connu comme Adam-Judas. À force d'intrigues, il fut un jour invité à partager le repas du roi Rat, en compagnie des autres conseillers. La scène se passait au palais royal. Ils étaient treize à table, le roi Rat étant entouré de ses rats les plus proches.

– Eh bien ! fit le roi Rat, je désirais depuis longtemps partager ce repas avec vous. Je sais que chacun de vous fait le bon apôtre en ma présence, mais vous serez pourtant tous prêts à me dévorer quand l'occasion se présentera. Vous mangerez mon corps, vous boirez mon sang, alors même que je vous ai voué ma vie, que je vous donne ma vie en tant que roi. Comment pouvez-vous ?... Je sais, on dit que l'esprit est bien disposé, mais que la chair est faible. Vous me renierez tous, oui, et l'un d'entre vous me trahira même. Quand l'heure sera venue, avant que le clocher de l'église d'à côté ne sonne deux fois, vous serez trois fois plus loin, et je resterai seul, abandonné de tous. Je vous considérais comme mes enfants, je vous croyais mes disciples, pourquoi m'abandonnerez-vous ainsi, moi votre roi, votre père ? Pourquoi ai-je sacrifié ma vie pour vous servir en tant que roi, et finir ainsi, cloué au pilori par votre ingratitude coupable ?

Tous les conseillers royaux couinèrent en chœur de protestation : non, jamais, au grand jamais, ils ne feraient une chose pareille ! Seul Adam-Judas ne protesta pas, car il s'était coincé un os dans la bouche et essayait de le faire partir. Le roi Rat le foudroya du regard. Gêné, Adam-Judas préféra sortir. Il faisait nuit.

– Le sort en est jeté ! s'exclama alors le roi Rat. En vérité, en vérité, je vous le dis, l'heure vient, et elle est déjà venue, où les ténèbres remplaceront la lumière. Alors vous saurez qu'il fallait qu'il en fût ainsi pour que ma gloire fût manifestée et que le monde sortît de l'obscurité.

Ses conseillers, qui n'y comprenaient rien, se regardèrent l'un l'autre. Ils se demandaient si le roi Rat n'avait pas pété un câble. Après tout, il était si vieux... Personne n'en était sûr, mais le roi Rat devait bien avoir près d'un an, c'était un vrai patriarche. Pas étonnant alors si tout ne tournait plus rond dans sa tête.

Le roi Rat avait toute sa tête, mais il se trompait. Il ne fut victime d'aucune trahison, simplement d'un mauvais concours de circonstances. Quand Adam-Judas sortit, il fut repéré par des chasseurs de rats qui le poursuivirent en vain. Les chasseurs, pensant qu'il devait y avoir d'autres rats dans le coin, se mirent aussitôt à leur recherche, mais ils furent si bruyants que les conseillers royaux les entendirent, et chacun prit alors la poudre d'escampette. Le roi Rat voulut faire de même, mais il se blessa en tombant de son trône et ne put aller plus loin. Les chasseurs approchaient pendant que le roi Rat agonisait. La fin semblait inéluctable lorsque, ne pouvant plus avancer, les chasseurs furent à regret contraints de faire demi-tour. Au bout d'un long moment, le Premier ministre, qui ne s'était pas caché trop loin, s'approcha du roi Rat, le renifla et commença à lécher le sang royal. Comme il trouva cela succulent, il continua, puis finit par croquer son monarque. D'autres conseillers royaux revinrent à leur tour, et chacun dévora ce qu'il put. Ainsi finit le roi Rat, à l'âge de onze mois et vingt-neuf jours. Un âge déjà honorable, sinon vénérable, pour un rat.

Le Premier ministre s'autoproclama aussitôt nouveau roi Rat. Normal : chez les rats, il n'y a nulle monarchie héréditaire, c'est la loi du plus fort qui régit la société. En outre, le roi Rat avait tellement de descendants, que nul ne savait plus qui était son fils aîné. Quant à Adam-Judas, il n'osa pas revenir. Il se rendait compte qu'il avait été démasqué, du moins par le défunt roi, et que les autres conseillers devaient se méfier de lui, voire le soupçonner de les avoir trahis. Adam-Judas erra longtemps dans les rues. Il se retrouvait bien seul, avec des idées suicidaires, il eut envie de se pendre – ce que les rats ne font jamais, sauf pas accident. Il essaya, puis renonça. « Repens-toi » entendait-il dans sa tête. Mais se repentir de quoi ? Comme sonné, il ne savait plus ce qu'il faisait, et il finit par s'écraser sous une voiture. Ses entrailles se répandirent sur la chaussée et furent dévorées, non par des rats, mais par des oiseaux de mauvais augure – car ils auguraient que quelque chose avait changé en mal : les rues de Paris n'étaient plus l'exclusivité des rats. Ceux-ci devraient désormais les partager, ils devraient même se cacher. Les rats en étaient revenus aux temps anciens, ceux d'avant la campagne massive de dératisation et de la grève des éboueurs. Une page s'était tournée.

# III

## Une autre version complotiste

Les Parisiens croyaient-ils vraiment à l'histoire du roi Rat et à tout ce que l'on racontait à son sujet ? Certains oui, mais d'autres se posaient quand même des questions. Cette histoire n'expliquait pas tout, notamment comment les rats en seraient venus à un tel niveau d'organisation capable de menacer la prépondérance humaine sur la capitale. En outre, les spécialistes des rats affirmaient que la société de base chez les rats ne se compose que d'une quarantaine ou d'une cinquantaine d'individus. Selon eux, imaginer un roi régnant sur des milliers de rats relevait de la pure imagination. Une autre légende commença alors à se répandre : celle d'un complot écolo-anarchiste ourdi par des défenseurs des animaux contempteurs du genre humain. Rien de moins.

On imaginait des élevages de rats clandestins, tant dans les appartements que dans le sous-sol parisien, de véritables maternités avec des crèches adjacentes. Tout devait être bien organisé selon deux mots d'ordre : discrétion et efficacité. Et cela sans jamais oublier le militantisme.

– Au travail ! ordonna la responsable du groupe.

Des groupes comme celui-ci, on pensait qu'il y en avait plusieurs partageant la même idéologie. Cette personne, nous l'appellerons Mélanie. Elle était assez jeune, bien qu'entre deux âges, et passait d'ordinaire quelque peu inaperçue. Mais là, elle était dans son élément, dans la défense des rats. C'était son combat, c'était la Cause avec un grand « C », et c'était elle qui donnait les ordres. Selon elle, l'écologie à Paris commençait par la défense des rats menacés de génocide par la mairie et les autorités, et il fallait tout faire pour leur venir en aide.

Mélanie regarda rapidement sa petite troupe – une dizaine de militants – puis les retint alors qu'ils étaient sur le départ :

– Attendez ! Avant de partir, que les choses soient claires ! Nous sommes des combattants, mais nous sommes pacifistes. Si vous croisez des forces de l'ordre, ne résistez pas ! De toute façon, la Cause triomphera ! Les rats vont enfin sortir de l'ombre, ils doivent apparaître au grand jour ! Allons-y !

La petite troupe partit donc, enthousiaste et hyper-motivée. Son opération du jour – ou plutôt de la nuit – était à vrai dire assez innocente. Il s'agissait d'enlever le maximum de « P » à chaque sigle « RATP » rencontré, afin que l'on ne puisse voir que des « RAT » partout. Rien de bien méchant, en somme. D'ailleurs, à plusieurs occasions, c'était la RATP elle-même qui avait donné l'exemple en changeant les noms de quelques stations de métro, afin d'essayer d'égayer tant soit peu la monotonie du sous-sol parisien. Ainsi pour un 1ᵉʳ avril, la RATP avait modifié plusieurs noms, comme Opéra en « Apéro », Saint-Jacques en « Coquille », Poissonnière en « Nadine Morano », Crimée en « Châtiment », Monceau en « Ma pelle », Parmentier en « Pomme de terre », Télégraphe en « # Tweet », et le nom de la station Anvers avait été mis à l'envers. Dans le cadre d'une opération « Stations d'avril », on avait aussi vu des ajouts : la station Auber était devenue « tartine Auber salé », et ainsi de suite : la station Simplon  était devenue « du Simplon double », Jules Joffrin « mon Jules Joffrin baiser », Bastille « une Bastille pour la gorge ? », Jaurès  « si j'aurais su Jaurès pas venu », Iéna  « quand y'en a plus, Iéna encore ! », Laumière  « qui a éteint la Laumière ? », Gentilly « de la Gentilly sur tes fraises ? », Goncourt  « N° 1 au Goncourt de beauté », Jussieu  « Jussieu, j'y reste », Passy « reste Passy près du bord. »

De même auparavant, pour la seconde victoire de l'équipe de France à la Coupe du monde de football, la RATP avait aussi modifié les noms de plusieurs stations. Entre autres, Bercy était ainsi devenue « Bercy les Bleus ». Changer « RATP » en « RAT » n'était donc pas à priori une opération de nature à offusquer la RATP, et les militants n'étaient pas particulièrement inquiets quant aux conséquences éventuelles. Avec Mélanie à leur tête, armés de bombes de peinture, ils s'empressèrent de pénétrer dans plusieurs stations de métro lors des dernières heures d'ouverture. Ils firent ce qu'ils purent, mais ils durent reconnaître que leur action n'était pas très visible : si les noms des stations sont écrits en grand, il n'en est pas de même pour le sigle de la RATP. À la station Raspail, ils en rajoutèrent alors en badigeonnant le « spail », et Châtelet devint quant à elle « Ratelet ». Les jours suivants, ils continuèrent leur action, tant dans le métro qu'à l'extérieur. Ils en vinrent même à changer le nom de Paris en « Raris » ou en « Ra ». D'autres équipes partageant leurs idées firent de même en dehors de Paris sur les panneaux routiers indiquant la capitale.

Tout cela restait du domaine du symbolique, ils le savaient bien. Par contre, leurs élevages de rats, c'était plus concret : on voyait les résultats. Et quel plaisir c'était pour eux de relâcher les ratons devenus grands dans la nature. Enfin, la nature... celle de Paris. Mais ce n'était pas un problème : leurs rats étaient des rats des villes, non des rats des champs. Des rats qui s'en donnaient alors à cœur joie dans les ordures de la capitale à l'occasion des jours de fête – la grève des éboueurs étant perçue par les rats comme une véritable fête, avec ses manèges (les tas d'ordures) et ses friandises (toujours les ordures). De quoi bien se goinfrer la panse, faire des rencontres intéressantes et, si affinités, concevoir quelques ratons.

Parmi les amis des rats, il y en eut qui eurent l'idée saugrenue de vouloir libérer les petits rongeurs des animaleries, ou même de laisser s'échapper les leurs, ou ceux de leurs amis ou d'autres personnes de leur connaissance. Inutile de dire que c'était les condamner à mort, car ils se firent vite croquer par leurs cousins un peu plus gros. La liberté peut être mortelle dans certains cas, si l'on n'y est pas préparé, ou si l'on ne peut pas s'y adapter. « Ouvrez la cage aux oiseaux » dit une chanson. Mais ce n'est pas toujours une bonne idée d'ouvrir la cage des oiseaux ou celle des rats.

Mélanie savait tout cela, et déconseillait une telle initiative à sa petite troupe. Par contre, elle ne savait trop que penser de ce que faisait son petit ami Kevin. Celui-ci élevait des rats dans plusieurs caves de son immeuble afin d'améliorer la race. C'est ce que l'homme a fait pour tous les animaux qu'il a domestiqués, expliquait-il à Mélanie qui restait quand même réservée à l'égard de cette pratique. Certes, l'homme avait modifié les chiens et les chats, les vaches et les poissons rouges (plus les chiens et les vaches que les chats et les poissons rouges), mais pourquoi vouloir toucher aux rats ? Mélanie les trouvait déjà comme il fallait, bien mignons et dodus, sans être trop gros pour autant, en un mot parfaits. Kevin, lui, voulait des rats qui en imposeraient, ce qui supposait qu'ils augmentent leur tour de taille de façon plus ou moins importante. Et puis il voulait aussi des rats plus intelligents, qui sauraient mieux se débrouiller pour mieux surmonter les obstacles de la vie, tous les dangers de la vie parisienne. Cela demandait du temps, car il fallait que les rates aient des petits qui fassent à leur tour des petits, et ainsi de suite. En attendant, cela faisait beaucoup de rats qui devaient être libérés dans les rues de Paris. Certains de ces rats étaient plus intelligents que les autres. Cela promettait une nouvelle évolution intéressante pour le futur. C'était du moins ce que Kevin avait cru au début.

Mélanie fut cependant bien surprise quand il lui dit un jour :

– Écoute Mélanie, le futur, c'est beaucoup trop loin. Le changement, ce doit être maintenant ! J'ai un copain qui travaille avec les rats, je vais aller le voir pour passer à une étape supérieure. Il faut mettre le turbo !

– Le turbo ? répéta Mélanie, quelque peu effrayée.

– Oui, le turbo ! Moi, ce que je voulais faire, c'était sélectionner les rats les plus futés, les faire se reproduire pour que l'intelligence moyenne augmente. Mais je n'allais quand même pas tuer les autres rats moins futés !

– Quelle horreur !

– Bien sûr, ! Mais c'est pourtant ce qu'il faudrait faire pour qu'il n'y ait plus que des rats intelligents ! Mais non, je ne peux pas tuer les rats moins futés ! Ce que je fais ne sert donc pas à grand chose, puisque la proportion de rats intelligents n'augmente pas. Même si je rends plus intelligents mes rats en les éduquant tout spécialement pour cela, cela ne changera sans doute presque rien.

– Je commence à avoir du mal à te suivre, Kevin.

– Mais c'est très simple, Mélanie : il faut changer de méthode, puisque la mienne ne peut pas fonctionner. C'est pourquoi je vais contacter mon ami qui travaille dans un laboratoire. Je sais que tu es contre l'expérimentation animale, mais nous n'avons pas le choix !

Mélanie regarda Kevin d'un air réprobateur :

– Toutes ces pauvres bêtes tuées pour rien, non, je ne suis pas d'accord !

– Pourtant c'est nécessaire, Mélanie. Il y a des expériences que l'on ne peut pas faire directement sur l'homme. On  ne peut pas non plus se contenter de simulations informatiques ou de simples expériences sur des cellules prélevées sur un organisme vivant. Et puis, ce n'est plus comme avant, les expériences sur les animaux sont plus encadrées aujourd'hui. Plus qu'en gastronomie en tout cas. Songe qu'on mange des huîtres ou des oursins vivants, et qu'on jette langoustes et homards vivants dans l'eau bouillante. C'est pire, non ?

– C'est vrai !

– L'expérimentation animale sacrifie beaucoup de souris et de rats, je sais ! Ce sont des mammifères comme nous, ils sont assez proches de nous, mais sans trop, du moins pour la plupart des gens qui préfèrent qu'on les utilise eux, plutôt que des chats ou des chiens. Ça dérange moins leur éthique. Et puis, souris et rats sont doux, petits, on peut les manipuler et les transporter facilement, et ils se reproduisent vite. Tout cela est bien commode pour la recherche.

– Pauvres bêtes !

– Je sais, Mélanie ! En outre, beaucoup de scientifiques préfèrent les rats aux souris, car leur morphologie se rapproche plus de la nôtre. Souvent, quand un médicament vaut pour le rat, il vaut pour l'homme. Pour les expériences, comme ils sont plus gros, c'est aussi plus pratique quand il faut faire des prélèvements ou opérer...

– Arrête !

– Soit, j'arrête ! Et puis, rassure-toi : de toute façon, on expérimente beaucoup plus sur les souris que sur les rats.

– C'est pas mieux !

– C'est mieux pour les rats !

Kevin sourit, puis reprit :

– Les rats sont naturellement intelligents, tu le sais ! Leur cerveau est assez similaire au nôtre. À part qu'il traite les informations autrement que nous : comme les rats ont une mauvaise vue, ils se fient plus à leurs moustaches qu'à leurs yeux. Comme avec les chiens, on peut leur apprendre des tours : s'asseoir, sauter, chercher quelque chose ou venir quand on les appelle. S'il y a un petit quelque chose à manger en guise de récompense, ils apprennent très vite ! Et ils ont une bonne mémoire ! Et on peut encore plus les stimuler avec des jeux, en leur faisant faire des exercices dans des labyrinthes, en leur donnant des compagnons, une alimentation adaptée...

– Mais je sais tout cela, Kevin !

– Excuse-moi, je m'emballe !

– Et tu ne m'as toujours pas dit où tu voulais en venir !

– C'est vrai ! Mais j'y viens ! J'en reviens à mon ami, donc ! Il m'a expliqué que les rats servaient dans des expériences sur la démence chez l'homme. On met en culture des tissus de cerveau humain issus de cellules souches, puis on les implante dans le cerveau du rat. Tout ça, ça se fait déjà. Imagine maintenant qu'on fasse ça à plus grande échelle, il y aurait de quoi créer des rats superintelligents, non ? Image des rats qui auraient notre intelligence, imagine tout ce qu'ils pourraient faire, comment ils pourraient se débrouiller, comment ils pourraient changer le monde ! Car après, on pourrait faire de même avec d'autres animaux, et peut-être un jour communiquer avec eux, ce serait une véritable révolution : parler aux animaux !

Mélanie fronça les sourcils :

– Tu me fais quand même peur, Kevin !

– Mais non, Mélanie ! C'est juste une nouvelle page qui s'ouvre dans la relation entre l'homme et l'animal. Mais une révolution quand même, je te l'accorde ! Moi, je ne m'y connais pas assez pour y participer. Mais mon ami y travaille. Et un jour, espérons-le, nous aurons ainsi des rats hyperintelligents. En attendant, rassure-toi, moi, je vais continuer à ma petite échelle à essayer d'améliorer la race, juste en stimulant de plus en plus les rats les plus doués, afin qu'ils aient des rejetons tout aussi doués qu'eux.

– L'intelligence n'est pas forcément héréditaire.

– Vieux débat entre l'inné et l'acquis ! Mais ne me décourage pas ! Je fais ce que je peux !

Mélanie et Kevin se regardèrent d'un regard complice. Après tout, ils étaient d'accord sur l'essentiel : l'amour et la défense des rats. Et plus il pouvait y en avoir, mieux c'était, qu'ils fussent ou non des surdoués. Mélanie, Kevin et leurs amis avaient tous la passion des rats, une passion radicale jusqu'à l'obsession. Tout ce qui concernait les rats les intéressait, au point parfois de vouloir les trouver dans les lieux les plus improbables. Certains en vinrent ainsi à les chercher à l'opéra Garnier, comme si dans l'histoire des petits rats de l'opéra il pouvait y avoir quelque vérité cachée. D'autres se firent rats de bibliothèque pour mieux s'imprégner de leur bête préférée et dévorer toute la littérature à son sujet outre, bien sûr, les écrits de Rabelais et de Racine ainsi que les livres décrivant les tableaux de Raphaël. D'autres encore virent maintes et maintes fois des films sur les rats, dont le fameux « Ratatouille », sans en avoir jamais ras-le-bol, mais au contraire ils en voulaient toujours et encore, à ras bord. Le jour, ils pensaient tous aux rats, et la nuit, ils en rêvaient. Ils avaient la rage des rats, ils se foulaient la rate ou se la mettaient en court-bouillon comme des couillons pour mieux les connaître, courant par-ci par-là comme des dératés, ratissant tout le savoir, tous les ragots sur les races de rats, les races rares et les moins rares, les rats racés ou non, et même sur les rats au rabais, les rats ratés, ratatinés, rapetissés, raccourcis, rabougris, rachitiques, râblés, ramollos, ou encore les rats radins ou raillés, les rats raffinés, radoteurs ou rabroués, et enfin les rats faisant sans cesse du raffut sans être jamais rassérénés ni rassasiés devant leur ration peu ragoûtante de pain rassis ou de fromage râpé. Rien de tout cela n'était rationnel, mais ces amis des rats étaient ravis.

Comme il l'avait promis, Kevin se rendit quant à lui chez son ami Max, surnommé « le ferrailleur du bistouri ». Max travaillait dans un laboratoire, et pour lui les rats n'avaient plus de secrets. Cependant quand Kevin lui eut exposé ses idées, Max fit la grimace :

– Tu voudrais en somme qu'on rende les rats plus intelligents en implantant dans leur cerveau des cellules du cerveau humain, c'est cela ?

– C'est exactement cela.

Max fit une nouvelle grimace :

– Moi, je veux bien, mais ça va poser des problèmes d'éthique. De toute façon, ça dépasse mes compétences. Par contre, je peux te recommander au professeur Bouchard. C'est un neuroscientifique chevronné. Il pourra peut-être te dire ce qu'il en pense. D'ailleurs, je le connais assez pour te dire qu'il est possible qu'il se soit déjà penché sur la question, mais c'est un sujet délicat qu'il ne faut pas ébruiter. Écoute, j'essaie de le joindre, et je te contacte si j'ai du nouveau. Mais sois patient : il est très occupé et pas facile à joindre.

Kevin attendit donc. Longtemps, fort longtemps. Max l'appela enfin un soir pour lui annoncer que le professeur Bouchard acceptait de le rencontrer au jardin des Buttes-Chaumont, sur le pont dit des suicidés, le lendemain à la même heure, entre chien et loup, peu avant la fermeture du parc.

Le lendemain, à l'heure convenue, Kevin le reconnut tout de suite, alors même qu'il ne l'avait jamais vu : le professeur Bouchard, ce ne pouvait être que lui, un homme bien habillé portant chapeau dont la prestance en imposait, et qui regardait l'horizon d'un air pensif. En signe de reconnaissance, le professeur Bouchard lui avait dit qu'il aurait une écharpe rouge et un journal sous le bras. Mais de toute façon, il n'y avait que lui sur le pont : le doute n'était pas permis.

– Professeur Bouchard, je présume ?

– Oui, mon ami, mais ne parlez pas trop fort, on pourrait nous entendre.

Le professeur Bouchard lui expliqua qu'il pensait être espionné. Il avait fait attention à ne pas être suivi, il avait pris plusieurs directions pour brouiller les pistes, mais il ne pouvait être sûr de rien.

– Vous savez, ajouta-t-il, des puissances étrangères s'intéressent à ce que je fais, et des compagnies privées aussi. Ce n'est pas que je sois le plus avancé dans mes recherches, mais je crois avoir quand même certaines compétences. Ce n'est pas pour me vanter : à mon âge, je suis loin de tout ça, les honneurs et tout le reste. Non, moi, ce qui m'intéresse, c'est de faire avancer la science. Rien que ça. Et la faire avancer pour le bien de l'humanité et de tout ce qui vit sur terre. Mais assez parlé de moi ! Parlons des rats ! Comme vous le savez, je fais des recherches sur les rats, ce n'est d'ailleurs pas un secret, et j'ai obtenu des résultats que je pourrais qualifier d'intéressants, de prometteurs.

– C'est-à–dire ?

– Pourquoi vous le dirais-je ?

Kevin rappela au professeur Bouchard leur conversation téléphonique dans laquelle il lui avait annoncé qu'il lui en dirait plus lors de leur rencontre. Le professeur acquiesça :

– C'est vrai, excusez-moi, ma méfiance, c'est un réflexe. Je me suis renseigné sur vous, je peux vous parler en toute sécurité. C'est d'ailleurs pour cela que j'ai accepté de vous rencontrer. J'ai effectivement implanté des cellules du cerveau humain dans le cerveau de plusieurs rats pour essayer d'améliorer leur intelligence. D'autres l'avaient fait avant moi, mais à des fins médicales, pour résoudre des pathologies humaines dans le domaine psychiatrique. Dans mon cas comme dans le leur, tout s'est bien passé, les cellules humaines ne font pas l'objet de rejet. Par contre, cela soulève trois problèmes majeurs fort complexes. Le premier est que le cerveau du rat se développe très vite, puisque le rat vit bien moins longtemps que nous. Cela veut dire que les cellules humaines n'ont pas assez de temps pour le transformer en profondeur. Le second problème, c'est que, apparemment, les rats ainsi opérés perdent toute appétence dans le domaine sexuel. Autrement dit, ils ne veulent pas se reproduire, ce qui est, vous en conviendrez, assez problématique si on veut créer une nouvelle espèce. La reproduction est un sujet vital, c'est le moins qu'on puisse dire. Vous savez que même chez les hommes, il y a un problème : le chromosome Y est en voie de disparition. Cela va prendre quelques millions d'années, mais il sera intéressant de voir comment l'humanité pourra survivre à cela. Mais en vérité, il ne faut pas trop s'inquiéter :

d'autres espèces vivent sans ce chromosome. Un autre chromosome a pris le relais. Et puis l'évolution a le temps de trouver d'autres solutions ! Pour l'homme, on s'inquiète aussi parfois de la diminution de ses spermatozoïdes. La réponse est la même : si cette diminution est avérée, ce qui n'est pas certain, la nature trouvera des solutions. Mais revenons aux rats !

Kevin sourit. Le professeur reprit :

– La libido des rats pose donc problème. Avec les cellules humaines qu'on leur a implantées, on a effectivement des rats plus intelligents. Ils ont une bien meilleure mémoire, et ils réussissent mieux les expériences qu'on leur fait subir. De ce point de vue, nos expériences sont couronnées de succès. Par contre, question libido, c'est le fiasco. Que faire avec des génies qui ne s'intéressent plus au sexe ? Vous savez qu'il y a des humains qui sont pareils, génies ou non. Chacun ses goûts, me direz-vous. Pour les humains, ce n'est pas un problème : il s'en trouve assez pour perpétuer l'espèce. Mais là, pour les rats, et pour cette nouvelle espèce qu'on veut créer, celle de rats intelligents, cela pose problème : on ne peut quand même pas les aider à se reproduire un par un, par clonage ou autrement. Il faut que cela reste naturel, que cela vienne d'eux, et pour le moment, on n'y arrive pas. C'est un gros problème. Comment exciter les rats envers les rates ? Comment faire pour que les rats trouvent les rates excitantes ?  Qu'est-ce qu'une rate aguichante quand on est un rat ? Il est difficile de se mettre dans la tête d'un rat, vous en conviendrez !

Le professeur Bouchard se tut soudain, songeur. Kevin le regarda, puis détourna la tête. Il avait du mal à garder son sérieux : il visualisait des rates en tenues affriolantes, mais comme elles étaient tout le temps à poil, il ne voyait pas comment ce serait possible. Bien sûr, il fallait se mettre dans la peau d'un rat, mais ce n'était pas évident. Les humains peuvent fantasmer sur un éventuel partenaire en l'imaginant dévêtu ou peu vêtu , ce qui peut le rendre plus sexy, mais les rats ?…

Le professeur Bouchard reprit soudain :

– Et il reste le troisième problème : l'éthique. Vous imaginez bien qu'implanter des cellules humaines dans le cerveau des rats, ça ne plaît pas à tout le monde. Il en est toujours pour crier au scandale, ou qui imaginent des chimères, des mutants ou je ne sais quoi d'autre. Ou même qui imaginent que des rats devenus trop intelligents, grâce à nos propres cellules, pourraient un jour nous remplacer. Science-fiction, oui, ou roman de hall de gare ! Mais bon, ce n'est même pas le plus important. Des rats intelligents pourraient être utilisés à des fins militaires, pour répandre des maladies à un endroit précis, ou pour ronger des fils électriques ou informatiques, afin de saborder un réseau ennemi. À terme, cela pourrait être plus efficace que ce que font les hackers. Mais je ne peux en dire plus. Ah ! les rats ! Le monde imagine mal l'importance de ces petites bêtes ! Des rats intelligents pourraient faire tellement de choses !

Le rictus du professeur laissa Kevin songeur. Et si, après tout, les rats y arrivaient ? Que se passerait-il s'ils devenaient aussi intelligents que les hommes, voire plus ? Pourraient-ils un jour remplacer l'humanité, ou la soumettre à leur propre gouvernance du monde ? Y aurait-il alors un complot des rats, une conspiration réussie ? Et serait-ce mieux pour les hommes, pour la planète ? Que serait un gouvernement des rats ? Pourrait-il être pire que celui des humains ? Serait-il forcément meilleur ?

Kevin remercia le professeur qui, apparemment n'avait plus rien à dire, ou ne voulait pas en dire plus. Il quitta le pont des suicidés et se dirigea vers la sortie du parc des Buttes-Chaumont. Il faisait presque nuit. Les nuages rendaient le ciel plus sombre que d'habitude. Un gardien du parc le pria de hâter le pas. Kevin crut entendre un cri dans le lointain.

Le lendemain, il apprit par la radio la mort du professeur Bouchard : on avait trouvé son corps en bas du pont des suicidés, d'où il était tombé. Vingt-deux mètres de chute : il était mort sur le coup. Le grillage étant assez haut, le professeur n'avait pas pu être poussé, ni non plus tomber accidentellement. Le professeur s'était donc suicidé. Fin de l'histoire officielle. Mais les rumeurs allaient déjà bon train...

Kevin secoua la tête. Lui, il savait. Le digne professeur ne s'était pas livré à un exercice d'escalade impromptu pour mettre fin à ses jours. Non. Dans l'ombre, des forces obscures agissaient. La conspiration était en marche.

# IV

## Encore une autre version complotiste

Si Kevin était patient dans ses propres ambitions sur l'amélioration de l'espèce des rats, d'autres l'étaient moins, mais cela demandait aussi des connaissances et des moyens qui n'étaient pas à la portée de tous. Il y avait eu le professeur Bouchard, au tragique destin. Des groupes plus radicaux composés de quelques scientifiques avaient aussi prévu de modifier le génome des rats pour en faire des superbes rats, des super-rats, plus gros certes, mais surtout beaucoup plus intelligents, et cela le plus rapidement possible. D'autres encore avaient décidé d'implanter des puces électroniques dans le cerveau des rats, en plus de leurs puces naturelles. Victoire, une jeune informaticienne surdouée avait ainsi constitué une petite équipe de chercheurs dévoués pour mener à bien ce projet. Grâce à ces puces, reliées par réseau sans fil à des ordinateurs, le résultat était immédiat.

– Super ! s'exclama-t-elle en regardant Zéro, son rat ainsi équipé, un rat revu et corrigé, amélioré en somme. On va pouvoir le relâcher, ajouta-t-elle, et ses copains et copines avec lui.

– Oui ! lui répondit son assistant Marco, on va pouvoir devenir les maîtres de Paris !

Victoire regarda Marco d'un air narquois :

– Bien sûr ! Mais ce n'est qu'une étape, la moins importante. Après tout, faire des robots, ce n'est ni très intéressant, ni très compliqué. Après, il faudra aller plus loin ! Un rat guidé par l'intelligence artificielle, ça donnerait quoi, à ton avis ? Il faut que les rats prennent leur destin en mains ! Ce sera la deuxième phase. On en a déjà parlé. Ne me dis pas que tu as oublié ?

– Non, non, bien sûr que non !

Marco était quelque peu effrayé par le regard vaguement diabolique de Victoire. Il se demanda soudain si tout cela n'allait pas un peu trop loin. Certes, il savait tout des projets de Victoire, mais lui, il préférait surtout jouer à télécommander une bande de rats, comme il avait télécommandé des voitures miniatures quand il était petit. Rendre autonomes les rats, c'était le priver de ses jouets, cela l'intéressait donc moins.

Victoire, Marc et les autres relâchèrent donc leurs rats pucés équipés de caméras miniatures, l'un après l'autre, sur plusieurs semaines. Le but du jeu était de faire entrer les rats dans des endroits insolites ou sécurisés, outre des lieux où ils trouveraient de quoi faire bonne chère. Bien sûr, la portée du réseau sans fil était limitée, mais Victoire et son équipe avaient trouvé le moyen d'augmenter la puissance de leurs équipements. Ils pouvaient aussi se répartir à plusieurs endroits et se connecter entre eux pour s'échanger les données. Leur champ d'action n'était donc pas négligeable.

Leurs rats et s'appelaient Zéro, Yamamoto, Nestor, Lupin, Otto, Napoléon et Kasparov. Ils étaient huit, huit rats mâles qui vécurent des aventures bien différentes. Victoire avait préféré laisser les femelles de côté, car dans la société des rats elles sont mères au foyer.

Zéro était en quelque sorte le modèle expérimental, le modèle zéro de la série, d'où son nom. Un peu plus âgé que les autres, il n'était pas, du point de vue informatique, tout à fait au point. Comme il obéissait mal aux ordres, il s'égara dans quelque cave obscure sans même trouver de nourriture. Nul ne sut jamais ce qu'il devint ensuite.

Yamamoto devait son nom à la passion de Victoire pour les jeux vidéo japonais. Assez débrouillard, il pénétra tout d'abord, comme par hasard, dans un magasin de jeux vidéo, mais il n'y trouva rien d'intéressant. Heureusement, la cave du magasin permettait d'accéder à la cave d'une boucherie voisine. Là, les perspectives semblaient plus prometteuses. Yamamoto s'avança prestement vers un coin d'où émanait une fort bonne odeur. « Youpi ! j'ai touché le pactole ! » s'exclama-t-il dans sa tête. Mais il n'avait pas fini de penser qu'un énorme humain surgit de nulle part. Tous deux se fixèrent du regard. Le temps sembla s'arrêter. Yamamoto décida brusquement de grimper sur un vieux meuble pour échapper à la furie du colosse. Mais le vieux meuble ne pouvait même plus supporter le poids d'un rat. Yamamoto, qui n'était pourtant pas un kamikaze, dut alors faire le saut de la mort. Un vrai saut de la mort puisqu'il lui fut mortel. Ainsi périt Yamamoto, martyr de la cause des rats.

Nestor, lui, n'était pas du genre casse-cou, il était plutôt du genre pépère. Victoire décida donc de l'envoyer dans une bijouterie, un milieu à l'ambiance feutrée. Elle s'imaginait volontiers Nestor y rencontrer des clientes aussi fortunées qu'effarouchées. Elle n'avait pas tort : à sa vue, une jeune, jolie et riche artiste laissa tomber le collier de perles qu'elle tenait entre les mains. Traumatisée, elle eut un haut-le-cœur et vomit sur la magnifique robe qu'elle venait de s'acheter le jour même. Quant à Nestor, il eut toutes les peines du monde à sortir du magasin. Dans la confusion générale, il y parvint finalement et poursuivit ses aventures au-dehors.

Lupin, évidemment surnommé Arsène, fut envoyé dans la même bijouterie quelques jours plus tard, afin d'y commettre quelque larcin. Victoria ne voulait certes pas se lancer dans le grand banditisme, mais comme le bijoutier avait été incorrect envers une de ses assistantes, elle voulait lui donner un leçon. Son projet était que Lupin vole un bijou et le donne à un sans domicile fixe, après avoir laissé au bijoutier une carte de visite au nom de « Rapine de Rate » (pour le jeu de mots). Comme Nestor, Lupin s'introduisit dans la bijouterie par un petit conduit – tellement petit qu'il eut du mal à passer. Sur place, tout se déroula bien, Lupin put chaparder un petit bijou sans grande valeur, et par conséquent peu protégé. C'était la nuit, tout était ainsi plus tranquille. Lupin quitta la bijouterie par le même chemin et déposa le bijou à côté d'un sans domicile fixe qui dormait du sommeil du juste. Opération totalement réussie donc pour Lupin, Victoire et son équipe.

Pour le rat nommé Otto, Victoire choisit comme il se devait une succursale d'une marque automobile allemande. Otto s'y introduisit sans peine et affola quelques clients, sans les faire fuir pour autant, les locaux étant assez grands. Otto fut difficilement chassé des lieux et finit aussitôt écrasé dans la rue par une automobile. Triste fin, mais peut-être prévisible, pour Otto.

Pour Napoléon, Victoire avait bien sûr pensé au tombeau de l'Empereur aux Invalides. Il n'y avait pas là de quoi conquérir un empire, mais pour un rat, ce n'était cependant pas si mal que cela. Napoléon réussit à y entrer, il tourna autour, salua l'Empereur, une fois, deux fois, puis il s'arrêta net. Victoire voulut le faire bouger, mais cela ne tournait pas rond, la connexion entre elle et le rat semblait ne plus fonctionner. Quand un gardien remarqua Napoléon, celui-ci dut s'enfuir. Il s'exila on ne sait où, peut-être sur l'île de la Cité, qui sait ? Exit en tout cas Napoléon et ses rêves d'empire.

Kasparov était le dernier rat de l'opération. Il avait été surnommé ainsi car il s'était révélé particulièrement intelligent lors des expériences en laboratoire. Comme selon certains écrits les derniers sont appelés à être les premiers, Kasparov devait être le premier rat ayant le cerveau couplé à une intelligence artificielle. Autrement dit, Victoire et son équipe ne devaient pas le guider dans ses mouvements, ni dans ses décisions. Kasparov fut libéré dans la rue où il resta un long moment, comme un joueur d'échecs qui visualise tous les coups à venir avant de bouger un pion. Kasparov comprit alors ce que l'on attendait de lui et, surtout, qu'il n'était qu'un rat de laboratoire faussement libéré, un pion, car il restait le jouet de ses maîtres. En conséquence, Kasparov prit soudain la poudre d'escampette et se rua vers l'égout le plus proche où il s'accoupla avec la première rate en chaleur qu'il rencontra, avant de se faire battre, tuer et dévorer par un autre rat. Échec et mat, comme on dit en termes échiquéens.

Victoire réunit alors son équipe.

– Nous devons maintenant faire le bilan de l'opération, leur dit-elle. Un bilan que je vois en demi-teinte, avec des succès et des échecs, comme on l'a vu notamment avec Kasparov et l'intelligence artificielle. Nous avons des rats plus jeunes, peut-être devrions-nous faire une pause avant de poursuivre nos expériences. Nos bébés ne sont pas prêts. Qu'en pensez-vous ?

Hector, le plus jeune de ses assistants, intervint :

– Il ne faut pas jeter le bébé avec l'eau du bain. Il faut être plus fin, voir plus grand, et pour voir plus grand, il faut travailler avec des plus petits. Pour l'intelligence artificielle, je propose donc qu'on laisse les rats de côté pour travailler avec des souris. On les connaît mieux, et ce serait plus normal de les utiliser, elles. Et puis, comme elles sont plus petites, elles pourraient s'introduire n'importe où plus facilement que les rats.

Victoire fit la moue :

– Nos expériences portent sur les rats, non sur les souris.

Son interlocuteur reprit en souriant :

– Après le rat, la souris ! Question de parité !

Victoire allait lui répondre qu'une souris peut être mâle ou femelle, mais elle comprit que ce n'était qu'une plaisanterie. Elle réfléchit un peu, puis répliqua :

– Non ! Je sais bien que les souris, plus petites, pourraient plus facilement aller dans des endroits plus... disons, mieux protégés. Mais non, ne mélangeons pas tout, souris et rats ne sont pas de la même espèce. Et puis les rats sont plus aventureux, plus agressifs au besoin. Ils ont plus de tempérament, c'est mieux pour nos recherches.

– Eh bien ! va pour le rat ! approuva Hector, tandis que les autres assistants ne disaient mot.

– Soit ! approuva Victoire. Maintenant, il faut définir où l'on va envoyer nos rats. Je pensais aux lieux de pouvoir, comme les ministères, le palais Bourbon ou l'Élysée. Qu'en dites-vous ?

Tout le monde approuva avec enthousiasme.

Par souci de parité, les rats sélectionnés avaient tous des noms pouvant convenir à des femelles, bien que ce fussent des mâles : Gigi, Sissi, Pistache, Coca, Scarlet, Suie, Pepsi et Cola,

Gigi et Sissi furent les premiers à entrer en action. Ils furent déposés près du ministère de la Transition écologique où ils pénétrèrent sans être vus, en même temps que deux ministres. À l'intérieur du bâtiment, ils hésitèrent sur la direction à prendre, assez pour être repérés par un fonctionnaire horrifié qui leur cria aussitôt dessus. Devant fuir à tout prix, ils se séparèrent. Gigi fonça d'un côté, et Sissi de l'autre. Ce fut la pagaille dans les pièces et les couloirs : cela courait et criait de partout, la confusion se mêlait à l'affolement, d'autant plus que les rats ayant disparu, personne ne savait où les chercher. L'ennemi était partout et nulle part. Seuls, un ou deux fonctionnaires philosophes gardèrent leur sang-froid. Après tout, on était au ministère de l'Écologie, donc de la nature, des petits oiseaux, mais aussi de tous les autres animaux, même de ceux qui pouvaient paraître plus ou moins sympathiques. Gigi et Sissi finirent quant à eux par trouver une bonne cachette. Peut-être y sont-ils encore.

Pistache et Coca furent pour leur part envoyés à l'Assemblée nationale. Ce jour-là, il y avait foule, ce qui était assez inhabituel. C'était un soir où il était prévu de débattre d'un texte important, en présence du chef du gouvernement et de plusieurs ministres. À la vue des rats, ce fut la panique dans l'hémicycle. Pistache resta en bas, le temps de faire tomber le gouvernement (n'exagérons pas, rétablissons la vérité : malgré les rumeurs contraires, une seule ministre chuta quand elle recula, effrayée de voir un gros rat à ses pieds). Coca, lui, était plus ambitieux : il décida de prendre de la hauteur en montant dans l'hémicycle. Les élus réagirent différemment : tandis que certains étaient paniqués, d'autres trouvaient la situation fort plaisante. Une nouvelle répartition des députés s'était créée, spontanément, et elle n'avait plus rien à voir avec les divisions politiques habituelles. On eût pu appeler cela des courants, mais le mot eût été déplacé. Certains couraient bien, c'est vrai, mais d'autres étaient par contre tétanisés, quand d'autres encore riaient aux éclats ou se moquaient. Un député courageux réussit enfin à attraper Coca, le serra fortement dans ses mains et les leva pour bien montrer à tous qu'il avait attrapé la bête. Sous les applaudissements des élus qui restaient, il descendit l'hémicycle. Toujours ovationné, il se dirigeait vers la sortie quand il tomba sur Pistache qui se terrait sous un siège. Surpris, il laissa choir Coca qui prit la poudre d'escampette avec Pistache. Les personnes du bas de l'hémicycle se poussèrent aussitôt, et les deux rats purent enfin sortir à l'air libre, après avoir en droit à une haie d'honneur improvisée et bien involontaire. Ils poursuivirent ensuite leurs aventures à l'extérieur.

Scarlet et Suie avaient pour leur part mission de s'infiltrer dans les appartements privés de l'Élysée. C'était plus facile à dire qu'à faire, mais ils y parvinrent quand même. Là, ils en apprirent des choses... Mais bon, ce qui relève de la vie privée doit rester privé. Et puis mieux vaut laisser les fausses nouvelles croustillantes aux magazines spécialisés. Du reste, ils ne purent pas rester longtemps dans les lieux et finirent assez vite expulsés manu militari.

Enfin, Pepsi et Cola devaient infiltrer la salle du Conseil des ministres. Comme c'étaient des rats intelligents, ils réussirent à se glisser dans la salle au moment opportun et à se faire suffisamment discrets dans un coin pour passer inaperçus. La réunion pouvait commencer. Il était justement question de l'invasion des rats dans la capitale, et des mesures à prendre pour y remédier. La Présidente regarda le Premier ministre qui lui faisait face :

– Alors, Monsieur le Premier ministre, où en sommes-nous à ce sujet ?

Celui-ci la fixa d'un air grave :

– La situation est grave, mais pas désespérée.

– J'ai déjà entendu ça ! fit observer sèchement la Présidente.

– Certes, mais cette fois-ci, en concertation avec le ministre de l'Intérieur, le ministre des Armées et la mairie de Paris, nous allons mettre en œuvre tous les moyens à notre disposition. Je vous propose une politique de dératisation totale et définitive. Le nouveau maire de Paris est prêt à nous suivre. Les ministres concernés aussi. Il ne manque que votre approbation. Toutes les mesures à prendre sont détaillées dans le document que voici. Vu la complexité du problème, nous pourrions en parler en petit comité après la réunion.

La Présidente prit le document, le feuilleta en s'arrêtant sur quelques pages, puis approuva :

– Oui, bien sûr, mais on ne va pas décider aujourd'hui. Vu l'importance du sujet, je dois prendre le temps d'examiner vos propositions. Organisez une nouvelle réunion demain à la même heure, avec les personnes concernées. Sujet suivant, s'il-vous-plaît !

Il fut alors question de problèmes sans intérêt. Pepsi et Cola se regardèrent. Ils étaient d'accord : il fallait à tout prix détruire ce maudit document. La survie des rats en dépendait. Pour éviter leur génocide, il fallait agir, et agir vite. Jamais le destin des rats n'avait dépendu de si peu de rats, d'eux seuls seulement. Mais comment faire ? Ils devaient activer leurs neurones, et surtout ceux de l'intelligence artificielle qui les appuyait. Pepsi et Cola cogitèrent longtemps tout en attendant la fin du Conseil des ministres qui n'en finissait pas de finir. Quand enfin la fin fut venue, ils tinrent conseil à leur tour. Ils firent tous deux fonctionner leurs neurones connectés par le réseau sans fil à l'intelligence artificielle disponible sur l'ordinateur de Victoire. Cela chauffait à fond. Victoire s'en aperçut et appela ses assistants.

– Regardez sur les écrans comme ça chauffe ! leur dit-elle. On pourrait croire que ça va exploser, tellement ça bouille ! Nos rats sont en surpression, et l'intelligence artificielle elle-même ne sait pas quoi faire pour les aider ! Alors, que pourrions-nous faire, nous ?

Ses assistants ne savaient que répondre. L'un d'eux commenta :

– C'est un peu normal tout ça, les enjeux sont tellement grands ! Mais c'est impressionnant !

Victoire approuva :

– Absolument ! Mais maintenant il faut se bouger pour trouver une solution ! Le destin des rats est en jeu !

Tout en parlant, Victoria montrait sur son ordinateur ce que préconisait l'intelligence artificielle : la destruction du document remis à la Présidente et de toutes les copies, la suppression du fichier informatique correspondant et le sabotage du réseau informatique de l'Élysée et des ministères, ainsi que celui de la mairie de Paris. En outre, elle suggérait fortement, vu l'importance de l'enjeu, d'inoculer quelque virus à toutes les personnes impliquées dans le projet d'élimination des rats, afin que plus personne ne fût d'attaque pour le mettre en œuvre.

– Rien que ça ! s'exclama-t-elle. Elle a bon dos, l'intelligence artificielle ! Et vos neurones à vous, ils disent quoi ?

Ses assistants se regardèrent l'un l'autre sans rien dire. Victoire reprit :

– Eh bien ! c'est pas gagné !

Pendant ce temps-là, Pepsi et Cola ne restaient pas oisifs. Ils venaient de se fixer trois objectifs, ceux préconisés par l'intelligence artificielle : dévorer le maudit document papier et toutes ses copies, saboter le réseau informatique de l'Élysée et inoculer un virus à tous les assassins en puissance, y compris au dit réseau informatique. Mais comment ? À force de faire cogiter ou bouger leurs neurones et les bits de l'intelligence artificielle, ils convinrent qu'ils avaient besoin d'aide. Ils pensèrent s'associer à ceux qu'ils voyaient comme les associés des humains, leurs rats domestiques, pour faire une sorte de putsch, un *pronunciamiento*, bref un coup d'État. Mais fallait-il vraiment les utiliser ? Utiliser des dégénérés, des sous-rats traîtres à leur patrie, celle du sous-sol de Paris ? Parfois, l'un de ces dégénérés s'échappait de chez lui, de son havre de paix, et se retrouvait dans la jungle des rues parisiennes. Inutile de dire que le premier rat venu n'en faisait qu'une bouchée. Alors, comment ces sous-êtres, ces rats ratés, pourraient-ils collaborer avec la race pure, celle des rats racés, des vrais rats donc ? Non, ce n'était pas la solution !

Pepsi et Cola comprenaient aussi que les humains utilisaient des souris avec leurs ordinateurs. Faire alliance avec les souris, ces moins que rien, tout juste bonnes à servir en entrées avant un bon repas ? Hors de question ! D'ailleurs, beaucoup d'humains n'en voulaient même plus de ces souris, à part les plus vieux qui s'en servaient encore avec leurs ordinateurs – ceux qui n'arrivaient pas à suivre l'évolution en marche. Les souris pouvaient donc rester où elles étaient.

Mais alors ? Mais alors il ne restait plus que les rats eux-mêmes, le summum de l'évolution, justement. On n'est jamais si bien servi que par soi-même, c'est bien connu. Certes, c'est vrai, cela supposait une alliance de tous les rats parisiens qui, en temps normal, s'entretuent volontiers dès qu'ils aperçoivent un rat qui n'est pas de leur tribu. Mais bon, les circonstances étaient exceptionnelles. Les réponses à apporter ne pouvaient que l'être aussi. Il fallait en tout cas faire passer au plus tôt le message parmi les rats de Paris. Mais Pepsi et Cola restaient dubitatifs. Ils savaient aussi que si eux-mêmes étaient dotés d'une intelligence hors du commun, les autres rats n'avaient que l'intelligence ordinaire des rats, une intelligence suffisante pour vivre en bonne intelligence dans leurs tribus, mais de là à vouloir volontairement s'unir contre les humains... Et comment faire passer ce message d'union à tous les rats ? Comment deux rats pourraient-ils en convaincre des milliers, des millions ? Tout cela paraissait perdu d'avance. Il y avait de quoi déprimer, et se terrer quelque part à ne rien faire d'autre que d'attendre que le temps passe. Sauf si une idée de génie passait par là... Mais malheureusement, elle ne passait pas par là.

De leur côté, Victoire et ses assistants s'agitaient et agitaient leurs neurones.

– Bien ! s'exclama Victoire. Il faut se bouger, et vite !

– Cette fois, il faut faire intervenir les souris ! lui répondit Hector, son plus jeune assistant qui avait déjà précédemment proposé de faire appel à elles.

– D'accord ! D'accord ! s'exclama Victoire. De toute façon, on n'a plus le choix. On va les connecter et les parachuter sur l'Élysée.

– Avec un drone ? demanda un assistant.

Victoire secoua la tête :

– Un drone à Paris, et sur l'Élysée ? J'ai des doutes ! Non, les parachuter, c'est une façon de parler, on va les lâcher sur l'Élysée, c'est tout. Mais cela risque de détourner les rats de leur objectif : ils vont perdre du temps à dévorer les souris. Non, vraiment, il faut éviter les souris ! Mais nous avons encore des rats. On va en connecter le plus possible, et les autres seront lâchés tels quels, on n'a pas le choix ! Allez ! on s'active !

L'équipe se mit aussitôt au travail et, quelques heures plus tard, toute une bande de rats pénétrait à l'Élysée.

Faut-il préciser que quand on est rat, c'est plus facile que quand on est humain ? Un rat peut y pénétrer de multiples façons, par des canalisations, des trous divers, par les jardins, voire par l'entrée principale. Les nouveaux venus furent en tout cas accueillis avec enthousiasme par Pepsi et Cola qui, eux, avaient commencé à ronger les premiers câbles qu'ils avaient rencontrés. D'autres rats firent de même. Le palais de l'Élysée était en cours de rénovation, mais beaucoup de pièces et d'installations restaient particulièrement vétustes. Le système de sécurité incendie lui-même était encore nettement insuffisant. Plusieurs présidents de la République avaient d'ailleurs songé à déménager pour des locaux plus fonctionnels, soit au château de Vincennes, soit aux Invalides. La Présidente actuelle avait pour sa part pensé à Versailles. Mais cela aurait fermé tout ou partie des lieux aux touristes sans être guère plus pratique que l'Élysée. Et puis, cela aurait rappelé un peu trop la monarchie. Déjà que, en France, le ou la Présidente apparaît par trop comme un monarque républicain...

À force d'être rongés par les rats, les câbles des réseaux informatiques et électriques furent gravement endommagés. Un début d'incendie se déclara. Le feu trouva rapidement de quoi prendre de l'ampleur car tout était inflammable : tentures, tapis et tapisseries, lambris, parquets, meubles, dossiers... Des rats eux-mêmes prirent feu et propagèrent l'incendie du bâtiment principal, appelé l'hôtel d'Évreux, vers les ailes Est et Ouest, ainsi que vers les annexes. Heureusement, le chauffage au fioul avait été abandonné pour passer à la géothermie, ce qui limitait les risques d'explosion. Par contre, le chauffage au gaz était encore présent sur le site, et il y eut donc effectivement des explosions dues au gaz. Le détachement élyséen des sapeurs-pompiers de Paris intervint très vite et le système de sécurité incendie fonctionna comme prévu, mais l'Élysée étant un monument historique classé, tout n'était pas possible pour sauver les bâtiments. Ceux-ci furent gravement endommagés, et même pour certains en partie détruits. Heureusement, il n'y eut aucune victime, l'incendie s'étant produit de nuit : les bureaux, bien occupés le jour, étaient vides, et la Présidente elle-même était en déplacement à l'étranger. Le personnel de sécurité qui était normalement sur place réussit quant à lui à échapper aux flammes. Seuls les chats de la Présidente périrent carbonisés, ainsi que de nombreux rats, dont malheureusement Pepsi et Cola.

Le lendemain, la nouvelle circulait dans le monde entier : le palais de l'Élysée avait pris feu, l'Élysée était tombé ! Certains en rajoutèrent en précisant qu'il n'en restait plus rien, ce qui était quelque peu exagéré. La Présidente intervint le jour même lors d'une allocution solennelle, après être rentrée précipitamment de l'étranger. Elle annonça que le palais de l'Élysée serait rebâti tel quel avant la fin du quinquennat. En attendant, annonça-t-elle, les différents services de la présidence continueraient d'être assurés. Tout le personnel serait relogé dans différents bureaux. Elle-même s'installerait au ministère de l'Économie et des Finances. Le principal occupant des lieux n'apprécia guère, mais il n'avait pas vraiment le choix.

Victoire et son équipe se réunirent le jour même à la première heure. Justement, pour eux, l'heure était grave.

– Oui ! s'exclama Victoire, l'heure est grave, c'est vrai ! Une enquête est en cours pour savoir comment le sinistre a pu être déclenché. Et on sait que le personnel de sécurité a vu des rats, beaucoup de rats. D'ailleurs, il y a encore des tas de rats carbonisés sur place. L'enquête devra déterminer comment ils ont pu entrer, s'il y a eu des complicités... On est mal, très mal ! Rendez-vous compte : l'Élysée est quasiment en ruines, le personnel évacué...

Julie, une de ses assistantes, l'interrompit :

– Les rats quittent le navire...

Victoire reprit, sans avoir compris l'ironie :

– Ceux qui sont encore en vie, oui ! Mais les autres qui sont morts, ils étaient pris au piège, ils étaient faits comme des rats, sans espoir d'en sortir, les pauvres !

Après un moment de compassion, elle continua :

– Mais maintenant, l'enquête risque d'arriver jusqu'à nous ! On risque d'être accusés de complicité, d'avoir manipulé les rats, d'avoir porté atteinte aux institutions de la République, à la Présidente, à la sécurité de l'État, et que sais-je encore ? On doit agir illico presto. Il faut détruire tout ce qui peut l'être : les ordinateurs, smartphones, les écrits, tout ce qui pourrait nous compromettre. Ne vous contentez pas de supprimer les fichiers ou la carte mémoire, il ne faut prendre aucun risque ! Allez-y au marteau et à l'acide, rien dans les poubelles avant destruction massive ! Et après, chacun se terre dans son coin, faites-vous tout petits, ne communiquez plus entre vous, plus aucun contact, il faut attendre que ça se tasse avant de reprendre le combat. Allez, on se bouge, exécution !

Victoire rajouta au dernier moment :

– Et vous avez entendu ? La campagne de dératisation massive est abandonnée ! On a d'autres chats à fouetter, qu'ils ont dit ! Victoire ! Nous avons gagné ! Les rats ont gagné !

Ce qui fut dit fut fait. Chacun détruisit tout ce qu'il put et resta le plus possible en dehors de l'agitation des rues parisiennes. Les enquêtes officielles – il y en eut plusieurs – conclurent qu'il y avait eu effectivement complot contre la sûreté de l'État et contre la personne de la cheffe de l'État. Cependant nulle enquête ne parvint jamais à remonter jusqu'à Victoire et ses amis.

Bien sûr, tout cela, rappelons-le, ce ne sont que des racontars, inspirés par les tenants des théories du complot. Mais si la vérité était ailleurs ? S'il y avait vraiment eu une conspiration ? Une conspiration des rats bien plus importante que tout ce qui avait pu être imaginé jusqu'alors ? Après tout, les rats sont assez intelligents pour voir grand, très grand, et pour se débrouiller eux-mêmes quand il le faut. Quitte peut-être à ce que les humains leur donnent encore un petit coup de main. Ou même organisent tout ? Fut-ce alors un rêve des rats ou un cauchemar des humains ? L'histoire vaut en tout cas d'être contée.

## V

## Le rêve des rats ou le cauchemar des humains

Nul ne sut jamais comment cela commença exactement. On parla bien sûr de mutation, mais sans pouvoir en déterminer l'origine, naturelle ou non. Le plus étonnant fut la rapidité avec laquelle tout cela se passa. Non, c'était impossible, impensable que ce fût naturel.

Au début, il y eut juste quelques remarques des égoutiers, du genre : « Putain ! Qu'il est gros ! », ou encore « Merde ! Quelle bête ! ». Un langage peu châtié, certes, mais cependant tout particulièrement expressif dans cet univers sombre, humide et nauséabond. Les égoutiers furent en effet les premiers à les remarquer : des gros rats, plus gros que les rats qu'ils fréquentaient d'ordinaire. Les jours passant, les égoutiers n'arrivaient toujours pas à s'y habituer. Il leur semblait même que les rats qu'ils rencontraient étaient encore plus gros que ceux qu'ils avaient vus les jours précédents. Même s'ils avaient du mal à le croire, ils durent se rendre à l'évidence : tel était bien le cas !

Des scientifiques furent prestement mandatés pour examiner tout cela, tant dans les égouts que dans les laboratoires où l'on avait apporté des échantillons de ces monstres de la nature. La nouvelle, tenue un temps secrète, ne tarda pas à fuiter. Les rumeurs les plus folles commencèrent à se répandre. On parla de complot, d'épidémie, de catastrophe écologique ourdie par des organisations ou des gouvernements hostiles, ou encore par diverses entités mystérieuses, surnaturelles ou extraterrestres. À l'opposé, de nombreuses personnes ne croyaient même pas à l'existence des gros rats. Selon eux, c'était de la pure affabulation. Il pouvait peut-être y avoir deux ou trois rats plus gros que les autres, mais c'était tout, il n'y avait aucune raison de s'inquiéter.

Ces sceptiques durent pourtant se rendre très rapidement à l'évidence. En effet, les gros rats commençaient à sortir dans les rues de Paris, et les témoignages de leur existence se multipliaient. Le doute n'était plus permis : les rats avaient muté, et mutaient encore. Chacun se demandait quand cela allait s'arrêter, et quelles mesures il fallait prendre pour y mettre un terme. L'opinion publique et les médias interpellaient le personnel politique et tous ceux qui s'y connaissaient en rats, en biologie ou dans tous les domaines pouvant être concernés.

L'inquiétude générale s'aggrava encore plus quand les scientifiques déclarèrent que ces gros rats étaient particulièrement intelligents. Selon eux, il semblait même que plus ils grossissaient, plus leur intelligence se développait. Le phénomène était inédit, et personne ne savait comment y répondre. Fallait-il se dépêcher de tuer tous ces nouveaux rats ? Les scientifiques s'y opposaient : c'était là un champ d'étude passionnant qui s'offrait à eux, et il était hors de question de le supprimer. Qui sait ? Peut-être même pourrait-on un jour communiquer avec des rats si intelligents ? Les perspectives seraient alors absolument incroyables, clamaient-ils bien fort. Les écologistes et tous les amis de la nature étaient du même avis, tandis que de l'autre côté les appels à une dératisation totale se multipliaient dans la plus grande partie de la population, ainsi que chez la plupart des élus et des personnalités politiques.

Pendant que les uns et les autres tergiversaient, les gros rats devenaient encore plus gros. Certains avaient maintenant la taille de sangliers et étaient devenus trop gros pour vivre ou circuler dans leurs lieux de vie habituels où ils bouchaient égouts et canalisations. Des eaux tout particulièrement sales, répugnantes, nauséabondes et malodorantes commençaient à envahir les rues, les caves, les immeubles. L'air devenait irrespirable et il était dangereux de sortir de chez soi. On risquait de devoir marcher dans des eaux putrides ou de tomber nez à nez sur les rats-sangliers qui, à l'étroit chez eux, n'avaient d'autre choix que de remonter à la surface. Non seulement ces rats-sangliers faisaient peur, mais eux-mêmes n'avaient plus peur des humains. En outre, comme ils étaient aussi têtus que futés, ils voulaient avoir partout la priorité : pour passer dans les rues, comme pour s'approvisionner chez les commerçants – il va de soi sans payer, sinon par des couinements fort bruyants et de généreuses déjections.

Plusieurs accidents furent signalés – des accidents de la circulation, certes, mais aussi en dehors des rues, même dans les immeubles. Se faire bousculer par un rat-sanglier en descendant l'escalier, ou en ouvrant sa boîte à lettres, de plus en plus de Parisiens expérimentaient des situations de ce genre. Des expériences marquantes et traumatisantes. Des personnes âgées furent même renversées et blessées, ainsi que des handicapés et des bébés dans leurs landaus. Dans plusieurs cas, ces rencontres furent fatales : il y eut des morts.

De plus, les rats-sangliers étendaient chaque jour leur territoire. Après Paris, ils s'en prirent à la proche banlieue, puis à la banlieue plus lointaine, puis à toute l'Île de France. Très vite, la France entière se sentit menacée. On signala bientôt la présence d'un rat-sanglier loin de Paris et de l'Île de France, puis de deux, puis de trois. De nombreux sangliers furent signalés ici et là. La nouvelle de leur entrée en Belgique ne surprit personne : l'invasion était attendue.

Comme si cela ne suffisait pas, l'omniprésence des rats-sangliers, leur contact fréquent avec les humains, ainsi que toute cette eau insalubre qui stagnait dans les villes, tout cela ne pouvait qu'avoir des effets délétères sur la santé des populations. Des épidémies de ceci et de cela se déclenchèrent inévitablement. On parla même du retour de la peste. De plus en plus de personnes commençaient à fuir les villes, mais à la campagne ce n'était pas forcément mieux : les rats-sangliers s'en prenaient aux récoltes et détruisaient tout sur leur passage. On parlait du retour des barbares, ou de rats-barbares. Des prophètes parlaient d'apocalypse, de la chute de la civilisation, du jugement dernier et du châtiment divin sur une société dégénérée.

Mais ce n'était pas encore tout, ce n'était pas encore la fin. On commençait maintenant à voir des rats-sangliers encore plus gros : on parlait de rats-poneys, et même presque de rats-chevaux... Heureusement, leur intelligence semblait avoir atteint un palier : elle ne progressait plus. Elle montrait même des signes de régression.

Les autorités semblaient dépassées par les évènements. La présidente de la République dut intervenir plusieurs fois pour tenter de réconforter la population lors d'allocutions solennelles, avec drapeaux et hymne national. L'une d'elles  marqua les esprits. En voici des extraits :

« Françaises, Français, mes chers compatriotes !

La France a peur. D'énormes rats venus des tréfonds de Paris ont envahi la France entière et commencent à se répandre hors de nos frontières. Vous le savez tous, l'origine de cette mutation est encore inexpliquée. Des chercheurs travaillent jour et nuit pour comprendre ce phénomène afin que nous puissions le contrôler et l'arrêter le plus vite possible. Nous pouvons leur faire confiance et les encourager. Notre avenir dépend d'eux.

Cette situation, aussi imprévisible que dramatique, demande des réponses exceptionnelles. Vous attendez tous des solutions concrètes à ce problème. Je sais déjà que vous êtes nombreux à vous être mobilisés pour venir en aide aux personnes qui ne peuvent plus se déplacer en dehors de leur domicile. Une fois de plus, la solidarité nationale montre toute son efficacité. Nous pouvons tous remercier le dévouement des services de l'État qui œuvrent sans relâche pour porter assistance à tous ceux qui en ont besoin, comme le font aussi de nombreuses associations, de nombreux bénévoles. Oui, un grand merci à eux tous !

Le gouvernement de la République doit, pour sa part, prendre des mesures d'ampleur pour arrêter cette invasion qui a déjà causé de nombreux accidents, trop souvent mortels. Ces mesures se doivent d'être fortes et immédiates. Après concertation avec tous les spécialistes des rats, les scientifiques, ainsi qu'avec les partis politiques, les organisations professionnelles, les syndicats, j'ai demandé à Monsieur le Premier ministre de convoquer le Parlement en session extraordinaire. Le Parlement devra décider d'un confinement général de la population pour une durée d'un mois. Si le Parlement donne son accord, aucune sortie hors du domicile ne sera autorisée pendant cette durée – hors cas exceptionnels dûment limités. Chacun sera ravitaillé par le personnel requis à cette tâche.

Pourquoi une telle mesure, aussi radicale, est-elle nécessaire ? Pourquoi une telle durée, aussi longue ? Ce confinement obligatoire est devenu indispensable pour enrayer le développement des épidémies. Il n'a pas été pris de gaieté de cœur, croyez-moi, mais il était inévitable compte tenu de la situation actuelle et de son évolution prévisible. Outre qu'il empêchera les épidémies de frapper de nouvelles personnes, il permettra d'éviter de nombreux accidents, trop souvent mortels. Ce confinement d'un mois peut sembler long, mais il nous faut au moins un mois pour mettre tous nos moyens en action pour neutraliser le plus grand nombre de rats possible, et cela sans vous mettre vous-mêmes en danger. Quels que soient les moyens employés – la chasse ou de nouveaux raticides plus adaptés – il y va de votre sécurité : vous devrez rester chez vous pour ne pas vous mettre en danger et pour ne pas gêner toutes les personnes qui participeront à cette campagne de dératisation massive.

Je ne doute pas de votre soutien. Il y va de l'avenir de notre pays.

Je reviendrai, d'ici un mois, pour faire le point avec vous. En attendant, gardez espoir. La France en a vu d'autres, et elle est encore là. Demain, nous serons encore là. Ensemble, nous vaincrons ! Merci à tous, et gardez courage !

Vive la République !

Vive la France ! »

Mais les mots ne guérissent pas forcément des maux. Au bout d'un mois la situation n'était pas meilleure : elle était pire. Certes, de nombreux rats avaient été tués, au point que les incinérateurs étaient débordés, on avait dû improviser des bûchers ici et là, cela sentait partout le cramé. Certes encore, le confinement avait freiné l'expansion des épidémies, mais la population ne le supportait plus, le Parlement s'apprêtait  à ne pas le proroger. Mais surtout, les rats étaient toujours là. Les rats ? Comment fallait-il les appeler maintenant ? Après les fameux rats-sangliers, les rats-poneys étaient très rapidement devenus des rats-chevaux. Et plus ils grandissaient, plus ils continuaient de s'abêtir. Ils étaient même devenus complètement dégénérés, plus bêtes que bêtes. Où cela allait-il s'arrêter ? Et quand ?

Dès que le confinement fut levé, l'exode des populations des villes les plus touchées s'accentua. Pour se protéger des rats, plusieurs municipalités mirent en place des barbelés, puis des murs sur leur pourtour. Plus les rats grandissaient, plus les murs étaient surélevés. C'était le retour au Moyen Âge. Quand les rats eurent atteint la taille des éléphants, on crut être arrivés au bout de l'évolution, de la mutation, de la révolution – on ne savait comment appeler ce phénomène. Le monde avait en tout cas bien changé. Les rats-éléphants se répandaient partout où ils le pouvaient en Europe, et même en Asie. Seules quelques îles étaient épargnées. La Grande-Bretagne n'en faisait pas partie : les rats avaient pris dès le début  le tunnel sous la Manche. L'Afrique, l'Amérique et l'Océanie étaient par contre épargnées. Un mur particulièrement imposant et surveillé avait été construit pour couper l'Afrique de l'Asie. Quant à l'Amérique, l'Océanie, les océans leur servaient de remparts infranchissables. Des rats ordinaires eussent pu faire la traversée, cachés dans des navires, mais les rats mutants étaient trop grands pour passer inaperçus. De plus, les liaisons entre l'Europe, voire l'Asie et le reste du monde étaient désormais quasiment nulles. La Turquie avait pour sa part démoli les ponts et tunnels qui reliaient les deux rives du Bosphore, et donc l'Europe et l'Asie. Mais les rats avaient contourné la mer Noire pour pénétrer quand même en Anatolie.

Que faire, que devenir quand des rats de la taille d'un éléphant sont partout ? Quand ces rats cassent tout sur leur passage ?  Quand il devient impossible de prendre sa voiture, ou le train ? Certains aéroports étaient sécurisés, entourés de murs infranchissables : ils étaient alors pris d'assaut par tous ceux qui voulaient fuir. Mais pour aller où ? Chacun allait où il pouvait, c'était la vraie pagaille. Les gouvernements adjoignaient à leurs concitoyens de rester, mais c'était impossible, la vie était devenue impossible. C'était vraiment la valise ou le cercueil. La mortalité était effroyable, en Asie plus encore qu'en Europe, du fait d'une population plus importante.

En Europe, et seulement en partie en Asie, car ce continent est plus vaste, les campagnes étaient abandonnées. Certaines villes l'étaient aussi, celles qui n'avaient pas pu se fortifier pour résister aux assauts des rats-éléphants. Dans les campagnes, la nature avait très vite repris ses droits : après quelques années, elles étaient devenues de véritables réserves naturelles où la faune et la flore prospéraient librement – quand elles arrivaient à s'adapter aux hordes de rats-éléphants. Dans les villes abandonnées, il en allait de même. Les oiseaux y gazouillaient gaiement – même si de nouveaux-venus comme les rapaces avaient de plus en plus tendance à remplacer pigeons, merles, mésanges, moineaux et étourneaux – et sangliers et cervidés survivaient quand ils arrivaient à se cacher des rat-éléphants. Mais les grands gagnants étaient tous les insectes et petits animaux trop minuscules pour être mangés par les rats-éléphants. Ceux-ci n'avaient pas une faim de loup, mais une faim dévorante proportionnelle à leur taille. Tout pouvait y passer, mais il fallait qu'il y eût quand même de la consistance pour que ce fût intéressant. Quant aux loups eux-mêmes, ils étaient assez malins pour se cacher des rats-éléphants.

Ces villes abandonnées se transformaient peu à peu en jungle. L'herbe poussait dans les rues, et même des arbres dans les crevasses créées par les intempéries, ainsi que dans des endroits improbables, comme à l'intérieur d'immeubles éventrés. Sans entretien, laissés à l'abandon, les immeubles s'étaient fissurés, ou en partie effondrés. Les armatures corrodées du béton armé avaient fait éclater celui-ci. Dans les espaces libres, les avenues ou boulevards, on voyait des platanes, des marronniers, des tilleuls, des érables, des robiniers, peupliers et bouleaux : de vraies forêts. Les monuments n'étaient pas épargnés par les dégradations : les plus fragiles n'étaient plus que des ruines. Les villes abandonnées prenaient ainsi des airs de cités antiques.

De nombreux chats et chiens étaient redevenus sauvages comme leurs ancêtres. Seuls les plus forts ou les plus malins avaient pu survivre. Les chats, qui avaient toujours gardé au fond d'eux leur instinct de chasseurs, avaient eu à cet égard un avantage sur les chiens, plus dépendants des humains. Vaches, veaux, volailles ne subsistaient que dans quelques fermes urbaines. Par nécessité, les humains étaient devenus végétariens, ou mangeaient peu de viande.

L'air était redevenu plus respirable, puisqu'il y avait moins de pollution. Les égouts étaient certes bouchés, mais ils ne sentaient plus, la végétation avait pris le dessus sur les odeurs nauséabondes. Par contre l'eau n'était potable que dans les villes fortifiées qui avaient pu prendre les mesures adéquates. Il n'y avait plus ni chauffage ni climatisation, ou très peu : les grandes centrales électriques avaient dû être abandonnées. On arrivait encore à produire de l'électricité, grâce au soleil et au vent, mais il fallait l'économiser. Sans l'avoir voulu, l'Europe, et en partie l'Asie, avaient fait un bond de géant pour combattre le dérèglement climatique. Mais sans l'arrêter pour autant : il était bien trop tard, et il était impossible de supprimer d'un seul coup tous les méfaits de l'ère industrielle.

Les rats, eux, continuaient de régner. Après la phase rats-éléphants, ils en étaient arrivés à la phase rats-dinosaures. Rats-dinosaures : ce n'était qu'un nom, les rats restaient des rats, mais ils avaient la taille de dinosaures. Imaginez l'impression que cela pouvait donner et la force qui émanait de ces géants, de ces monstres effroyables qui terrorisaient tout le monde, petits et grands. Il y avait de quoi dégoûter tout un chacun de s'intéresser à l'histoire des vrais dinosaures. Ceux-ci avaient régné pendant des millions d'années, au grand dam des mammifères qui n'avaient pu s'épanouir qu'après leur disparition. Allait-on faire le chemin inverse ? La civilisation humaine touchait-elle à sa fin ? Certes, une très grande partie du monde était encore à l'abri, mais cela allait-il durer ? Que se passerait-il si, d'une façon ou d'une autre, des personnes malveillantes importaient des bébés rats-dinosaures en Amérique, en Afrique et en Océanie ? Et puis le règne des rats-dinosaures était-il destiné à durer aussi longtemps que celui des vrais dinosaures : plusieurs millions d'années ? Et ces rats-dinosaures, allaient-ils grandir encore ? Comment les appellerait-on alors ? Cette dernière question n'était pas la plus importante, mais elle donnait le tournis. Que de questions, en tout cas ! Et des questions sans aucune réponse ! Il y avait assurément de quoi désespérer !

Fort heureusement, imperceptiblement, la situation évoluait. Au bout de plusieurs mois, on s'aperçut que les rats-dinosaures ne grandissaient plus. On crut même soupçonner une certaine décroissance. Plus réjouissant encore, il apparut que leur mortalité augmentait de façon de plus en plus importante.

On espéra, on pria, on supplia telle divinité, les astres, le destin ou n'importe quoi... Croyants et incroyants étaient unis dans l'attente d'un signe, d'une lueur, si petite fût-elle, du moindre espoir, espérant contre toute espérance... Et tandis que les jours, les semaines, les mois passaient, les chiffres le confirmaient : les rats-dinosaures mouraient de plus en plus, et plus le temps passait, plus cela s'accélérait. Les scientifiques venaient expliquer que c'était somme toute normal, prévisible : les rats-dinosaures mouraient tout simplement de faim, faute de trouver suffisamment de nourriture. Leur fin, causée par la faim, était inéluctable, martelaient-ils, et chacun se délectait du jeu de mots, annonciateur de lendemains nouveaux. Cerise sur le gâteau, les rats-dinosaures se battaient et se mangeaient entre eux, ce qui ne faisait qu'accélérer leur fin.

Mais le temps passant, les cadavres de rats devinrent quand même trop nombreux pour disparaître de façon si écologique, dévorés par leurs compères. Il fallait gérer tous ceux qui restaient, tous ces cadavres d'animaux qui empoisonnaient l'air et contaminaient l'eau. Les rats-dinosaures étaient encore en trop grand nombre pour que les humains s'aventurent hors les murs des villes pour les enterrer ou les brûler en toute sécurité. Mais ils empestaient pourtant trop, ils attiraient tous les charognards des environs, alors il fallait quand même tenter de faire quelque chose. Ici et là, des commandos furent formés pour aller recouvrir de terre les cadavres les plus proches des villes. L'opération était risquée, mais avec le temps, les rats-dinosaures devenaient moins nombreux, les possibilités d'action grandissaient. Petit à petit, la vie reprit de plus en plus un cours normal : certains humains se hasardèrent ainsi à prendre les autoroutes, alors même que les emprunter relevait du parcours du combattant, tellement la végétation avait poussé n'importe où. On en vint aussi à abattre les murs entourant les villes dès qu'on ressentit les premiers frémissements de la liberté recouvrée.

Mais le monde avait changé. L'ancien monde n'était plus. Il était impossible de revenir en arrière, de faire comme si rien ne s'était passé. La nature avait repris ses droits sur de vastes territoires, et la majorité de la population souhaitait désormais qu'on la laissât tranquille. D'immenses réserves naturelles ou parcs nationaux furent donc officiellement créés un peu partout. Toutes les personnes qui avaient fui l'Europe et les parties de l'Asie les plus touchées ne revinrent pas. Beaucoup restèrent dans leurs nouveaux pays, notamment en Amérique et en Australie. Pour se débarrasser proprement des cadavres des rats-dinosaures, toute une industrie se mit en place. Il s'agissait de les enlever et de les transporter dans des incinérateurs non polluants produisant de l'énergie pour le chauffage urbain.

Pendant toutes ces années noires, la question n'avait cessé de tarauder les esprits : comment tout cela avait-il pu se produire ? Qu'est-ce qui avait déclenché tout cela ? Ou qui ? Il y avait forcément une raison, des explications, et sans doute des coupables. Il fallait les trouver, et leur donner le châtiment dûment justifié. Il y eut plusieurs enquêtes. Ceux qui les menèrent n'eurent que l'embarras du choix, tellement les dénonciations furent nombreuses. La délation fleurit sur le terreau des rumeurs et des contre-vérités assénées avec conviction. Il y eut de nombreuses arrestations, mais les preuves manquaient. Certes, on découvrait que plusieurs personnes, seules ou en groupes, avaient mené en catimini des expérimentations douteuses sur les rats. Mais de là à découvrir le moyen de transformer des rats en dinosaures, il y avait un gouffre... Enfin, à force de recoupements, il apparut qu'une équipe de trois personnes était à l'origine de tout.

Ils venaient tous trois de Chine. On cria alors au complot international, à la guerre des civilisations, l'Orient contre l'Occident, et ainsi de suite. Mais c'était ignorer que l'Asie aussi avait été touchée par le fléau. Il apparut également bien vite que le gouvernement chinois n'était aucunement impliqué dans l'histoire. Les trois Chinois avaient agi seuls. Chercheurs surdoués en biologie, ils avaient modifié les gènes des rats pour leur assurer la croissance que l'on avait vue. Ils avaient fait en quelques années ce que l'évolution peut faire, éventuellement, en quelques millions d'années. Encore avait-on échappé au pire. Leur projet initial était bien plus ambitieux : c'était de remplacer la domination de l'homme sur la terre par celle d'une autre espèce. Ils avaient en effet estimé que l'homme avait échoué à régner convenablement sur la terre, au bénéfice de celle-ci et de toutes les espèces y vivant. Après ce constat sans appel, ils avaient condamné l'humanité à mort. Tout simplement.

Restait alors à définir quelle espèce pourrait, selon eux, remplacer l'homme. Après une longue étude, plusieurs animaux avaient été retenus : les singes, bien sûr, nos plus proches parents, étaient les premiers, tout spécialement les chimpanzés et les bonobos. Mais les singes étaient trop proches de l'homme, ils risquaient trop de reproduire leurs erreurs. La planète des singes n'aurait alors pas été meilleure que la planète des hommes. De plus, les singes manquaient de motivation pour régner, et ils n'avaient pas non plus de langage articulé. Exit les singes, donc.

Pourquoi pas les chiens, alors ? Les chiens étaient intelligents, attentionnés et fidèles envers l'homme. Ils avaient d'ailleurs tout appris de lui, et lui étaient totalement dévoués. Les chiens étaient les animaux qui le comprenaient le mieux. Normal : ils le côtoyaient depuis des milliers d'années. Mais là était justement leur point faible : trop habitués à se comporter en serviteurs, ils n'avaient pas l'étoffe pour devenir des maîtres. Triste constat, mais sans appel. Exit les chiens.

Les chats ? L'hypothèse avait de quoi faire sourire. Ils dominaient déjà le monde, du moins dans beaucoup de foyers. Pourquoi se seraient-ils embêtés à vouloir plus ? Ils n'avaient rien à y gagner. Non, pas les chats non plus !

Pourquoi pas alors d'autres animaux sociaux ? Animaux sociaux : l'expression était prometteuse. Mais quels animaux sociaux ? Après les grands, on pouvait aussi penser aux petits. Les abeilles ? Non, c'eût été le retour à la monarchie, avec l'esprit de ruche en plus. Les fourmis ? Pourquoi pas ? Les fourmis avaient l'avantage du nombre : beaucoup plus nombreuses que les humains, il y en aurait sur terre des milliers de milliards, voire des millions de milliards. Les fourmis avaient aussi l'avantage de se nourrir de tout, de pouvoir transporter des charges beaucoup plus lourdes qu'elles, et de n'avoir pas peur de s'attaquer à des proies bien plus grandes qu'elles-mêmes. De plus, elles bénéficiaient d'une intelligence collective, chacune sachant automatiquement ce qu'elle devait faire dans sa société. Elles étaient comme un corps unitaire où les individus seraient les cellules d'un tout. Présentes sur terre depuis des millions d'années, depuis bien plus longtemps que l'humanité, formant des sociétés coopératives complexes pratiquant l'élevage et l'agriculture, elles avaient donc pas mal d'expérience, assez pour prétendre pouvoir prendre la place des hommes. Oui, mais les fourmis avaient aussi leur point faible : le fait d'être constituées de milliers d'espèces qui ne trouvaient rien de mieux que de se faire la guerre entre elles. Aucune unité en vue... Les fourmis étaient ainsi avant tout des guerrières pratiquant toutes les guerres, frontales ou chimiques, avec des éclaireuses et des soldates, et même des kamikazes, contre les termites, d'autres fourmis ou même des animaux beaucoup plus gros. Rien de bon augure si l'on souhaitait un monde plus pacifique. De plus, elles pratiquaient même l'esclavage. Exit aussi les fourmis, donc.

Les trois chercheurs chinois s'étaient alors dit qu'il fallait peut-être en revenir à la source, et donc à l'eau : pourquoi pas des animaux marins ? Parmi ceux-ci, la pieuvre et le dauphin se distinguaient par leurs qualités. La pieuvre était curieuse, savait utiliser des outils, avait une bonne vue et une bonne mémoire. Avec ses tentacules, elle pouvait facilement attraper des proies. Mais la pieuvre était un animal solitaire, et pour régner sur terre, il faut être un peu plus sociable. Exit alors la pieuvre. Et le dauphin ? Lui, au moins, il avait la réputation d'être gentil, sociable, tout en étant curieux, joueur. En outre, il semblait avoir un langage développé et un grand cerveau, le second après le nôtre en proportion de sa taille. Les mères prenaient aussi bien soin de leurs petits, les éduquant et les préparant comme il fallait aux épreuves de la vie. Le dauphin était un bon candidat sympathique pour dominer le monde, oui. Il ne lui manquait guère qu'un détail : développer des pattes pour sortir de l'eau. Ce n'était pas irréalisable, mais pour l'évolution, de telles transformations prennent des millions d'années. Pour nos chercheurs en biologie, cela dépassait tout bonnement leurs compétences. Exit aussi les dauphins, donc.

Alors, vers qui se tourner ensuite ? Vers les oiseaux, peut-être, et parmi ceux-ci, vers les plus doués, les plus intelligents, les corvidés : les corneilles, geais, pies et, bien sûr, les corbeaux. Ceux-ci avaient un gros cerveau, mangeaient de tout, et pouvaient même utiliser des outils. Au niveau intelligence, ils étaient un peu chez les oiseaux l'équivalent des singes. On racontait ainsi qu'au Japon, ils jetaient sur la chaussée des noix qu'ils avaient collectées afin que les voitures les brisent. Certains le faisaient même aux passages piétons pour ensuite les manger en paix pendant le feu rouge. Les corbeaux savaient s'adapter à tout, assurément, mais le manque de mains les handicapait quand même. Non, ils n'étaient pas la solution. Exit !

Qui restait-il alors sur le bateau pour sauver le monde, pour remplacer l'homme ? s'étaient demandés les trois chercheurs chinois. Qui restait-il sur l'arche de Noé, sur le radeau de la Méduse ? Le radeau ? Le rat d'eau ? Mais oui ! s'étaient-ils exclamés collectivement. Le rat devait être l'élu, mais le rat de terre, le sauveur, le nouveau maître du monde !

Les rats avaient toutes les qualités : très féconds, mangeant de tout, ils pouvaient à l'occasion se montrer altruistes envers un congénère dans le besoin. C'étaient des animaux sociaux qui s'organisaient spontanément en mettant en place un système hiérarchique. Chacun sachant ce qu'il avait à faire, cela bénéficiait à tous. Ils faisaient en cela preuve d'intelligence sociale, adaptant leur comportement selon les attitudes et aptitudes de leurs congénères. Ils savaient aussi se repérer dans un labyrinthe de tunnels et de cachettes. En outre, ils pouvaient utiliser leurs pattes avant comme des mains. Certes, leur vue n'était pas très bonne, faute de vivre davantage au grand jour. Certes encore, comme ils étaient petits, ils servaient de nourriture à de gros prédateurs. Mais tout cela pouvait être amélioré, se disaient les trois chercheurs chinois. Les rats pourraient s'adapter.

« Chiche ! On y va ! » s'exclama en conclusion l'un des chercheurs. Ils décidèrent donc d'y aller. On sait où leur succès mena le monde. On sait moins à quel point leur succès fut un prodige scientifique, et à quel point l'humanité a échappé au pire.

Le prodige scientifique, ce fut, bien sûr, d'avoir pu faire en si peu de temps ce que l'évolution aurait mis des millions d'années à faire. Mais aussi, et surtout, d'avoir pu concevoir et programmer une évolution brutale par paliers : du rat normal au rat-sanglier, puis au rat-poney, au rat-cheval, au rat-éléphant et au rat-dinosaure. L'évolution du rat n'avait pas été linéaire, mais par des sauts brusques et inattendus rappelant tant soit peu la théorie des équilibres ponctués. Cela paraissait impossible de programmer ainsi l'évolution, mais les trois Chinois l'avaient pourtant fait.

Les résultats avaient été effroyables, on l'a vu : deux continents ravagés par des rats toujours plus gros, des victimes par millions, des dégâts considérables, toute une partie du monde condamnée à survivre dans des conditions difficiles. Mais cela eût pu être pire ! En effet, les trois Chinois avaient prévu d'introduire des bébés rats mutants sur les continents encore épargnés. S'ils avaient pu le faire, l'humanité entière eût alors été menacée. La civilisation humaine n'eût sans doute pas résisté.

Les trois Chinois furent jugés et condamnés. Ils ne furent pas les seuls : tous ceux qui avaient contribué de près ou de loin à la catastrophe furent sur les bancs des accusés, lors de ce qui fut appelé le nouveau procès de Nuremberg – même s'il se tint à Paris, dans une salle spécialement aménagée du Palais de justice.

Lors de ce procès très médiatisé, la vérité apparut dans son effroyable simplicité : le complot de trois hommes, avec la complicité plus ou moins prononcée de nombreuses personnes. Il y avait vraiment eu conspiration contre l'humanité : l'expression allait faire fureur. Contrairement aux rumeurs, les rats n'y étaient pour rien – si l'on peut dire. Certes, c'étaient eux qui avaient tué et détruit, mais cela parce qu'ils avaient été manipulés, modifiés, pour ainsi dire automatisés ou robotisés pour cela. Il n'y avait jamais eu de conspiration des rats eux-mêmes. La légende d'un roi des rats orchestrant tant de malheurs n'avait été que cela : une légende. Les trois Chinois avaient certes bien prévu de développer chez les rats une intelligence exceptionnelle, supérieure à celle de l'homme, mais là, ils avaient au final échoué, malgré de bons débuts. Les rats étaient toujours restés des rats – des animaux intelligents certes, mais nullement des génies. Ou alors, juste les mauvais génies d'êtres maléfiques.

# Appendice

## La saga des rats

Trêve de balivernes ! On peut certes tout imaginer, mais à un moment ou à un autre, il faut revenir à la réalité et se poser les vrais questions. Qui sont donc les rats ? Quelle est leur histoire ? Sont-ils vraiment si nuisibles ? Sont-ils dangereux ? Pourraient-ils vivre sans nous, et nous sans eux ?

Pendant longtemps, le terme *rat* est resté imprécis. On mettait ainsi rats et souris dans le même panier, alors que ce sont deux espèces différentes. Souris, rats, mulots sont tous des rongeurs, comme les écureuils, castors, porcs-épics, cochons d'Inde, chiens de prairie ou encore les hamsters. Les rongeurs sont des mammifères qui ont une paire d'incisives à croissance continue sur chaque mâchoire, ce qui les oblige à ronger pour les user. Ils constituent le plus grand ordre des mammifères. Ce sont des animaux de petite taille, trapus, avec des pattes courtes et une queue.

L'origine du mot *rat* est inconnue. Il ne vient pas du latin, qui employait le terme *mus* pour les souris et les rats. Le mot *rat,* lui, est attesté depuis la fin du XII<sup>e</sup> siècle. Il viendrait d'une onomatopée née du bruit fait par le rat qui ronge, gratte ou grignote, ou de l'allemand ou du celte. En anglais et en néerlandais, c'est le même mot qu'en français. En allemand, c'est *ratte,* en espagnol *ratta*, en italien *ratto,* en portugais *rato.* La femelle du rat, c'est la rate, et leurs petits sont les ratons. La ratière est un piège à rats, et la raterie un élevage de rats. Le bruit du rat ? Il couine ou chicote. Mais ce n'est qu'une question de vocabulaire : on peut aussi dire qu'il crie, siffle, grogne ou brame.

De nos jours, le terme *rat* désigne plus particulièrement les espèces du genre *Rattus*, même s'il est encore employé pour des espèces qui n'en font pas partie. Le genre *Rattus* comprend plusieurs espèces, dont les plus connues sont : *Rattus rattus*, *Rattus norvegicus*, et *Rattus exulans*. Ce dernier, le rat polynésien, n'étant pas présent dans nos contrées, nous le laisserons de côté. Nous avons donc ainsi nos deux espèces de rats principales : *Rattus rattus*, et *Rattus norvegicus.*

*Rattus rattus,* c'est en quelque sorte le rat d'origine, venu d'Asie tropicale. Selon la légende, il aurait été ramené par les croisés au XIIe siècle. Mais c'est faux : d'après la datation des ossements trouvés, il était en Europe bien avant, avant même l'ère chrétienne. Cependant, il n'était pas forcément très répandu, se remarquait moins, car les conditions n'étaient pas favorables à son plein épanouissement. L'habitat peu dense, et les réserves moins abondantes de nourriture ne favorisaient pas sa prolifération. En outre, ses prédateurs naturels étaient nombreux. *Rattus rattus,* c'est le rat noir, le rat des hauteurs tièdes et sèches, le rat des étages et des greniers qui n'aime ni les caves ni l'humidité. C'est le rat qui grimpe. S'il est aussi appelé rat des champs, c'est parce qu'il a été chassé des villes par un nouveau-venu dont nous allons parler, le rat des villes ou *Rattus norvegicus.*

*Rattus norvegicus,* c'est le rat brun ou rat gris appelé aussi le rat d'égout ou le surmulot (le mulot, lui, n'est pas de l'espèce *Rattus*). On a un temps supposé qu'il venait de Norvège, d'où son nom. C'est le rat des villes, on l'a dit, le rat des zones basses et humides, le rat de l'eau (non le rat d'eau, qui est différent), donc le rat des caves et des égouts. Inutile de dire que c'est un bon nageur. Il sait aussi creuser des terriers avec de multiples galeries. Venu d'Extrême-Orient, il s'est surtout répandu au XVIII<sup>e</sup> siècle. Sa traversée en masse de la Volga en 1727 a été très remarquée. Il a alors décimé le rat noir qui était moins prolifique et plus pacifique que lui. Le rat domestique en est issu. *Rattus norvegicus* est plus gros que *Rattus rattus* qui a une silhouette plus fine. Il pèse plus que lui : de trois cents à six cents grammes, contre deux cents. *Rattus norvegicus* peut espérer vivre un peu plus longtemps que *Rattus rattus,* mais à l'état sauvage leur espérance de vie reste limitée : un an, ou plus, notamment pour le premier. En captivité, l'espérance de vie est plus longue.

*Rattus norvegicus* mesure de vingt-cinq à trente centimètres, plus sa queue qui est presque aussi longue. Ses oreilles et ses yeux sont plus petits par rapport à ceux de *Rattus rattus* qui, lui, ne mesure que vingt centimètres, mais dont la queue est plus longue que le corps. *Rattus rattus* se rapproche ainsi de la souris.

Si *Rattus norvegicus,* le rat des villes, a relégué *Rattus rattus* à la campagne, ce dernier se trouve cependant encore dans les villes, spécialement dans les villes au climat plus chaud. Il est possible qu'il reprenne actuellement du terrain en milieu urbain. Cependant quand on parle des rats sous nos climats, on fait le plus souvent référence au rat des villes, *Rattus norvegicus*.

Les rats ont tous le museau pointu, des incisives tranchantes, une queue plus ou moins longue, des pieds courts avec des coussinets plantaires, et leurs pattes ont cinq doigts. Ils sont omnivores et voraces : ils mangent des grains, de la paille, de la viande, des déchets, des meubles, des tapisseries, tout ce qu'ils peuvent trouver, soit dix pour cent de leur poids par jour. Ils sont aussi très prolifiques : une rate a plusieurs portées de sept ou huit petits. Elle peut en avoir plus, ou moins. Heureusement, cela ne dure guère qu'un an ou un peu plus, mais cela fait quand même énormément de rejetons, une centaine pour chaque rate. Et comme les rejetons ont encore rapidement eux-mêmes des rejetons, en quelques années cela fait théoriquement plusieurs dizaines de milliers de descendants pour une seule rate. Heureusement, tous ne survivent pas.

Vivant habituellement en groupes d'une cinquantaine d'individus, les rats sont commensaux de l'homme et peuvent lui transmettre bactéries et virus. Même s'ils veulent profiter de la nourriture qu'apporte l'homme, ils préfèrent le fuir, mais s'ils sont acculés ou surpris, ils peuvent le mordre quoique, en fait, les rats n'attaquent presque jamais l'homme. Dans de très rares cas, ils pourraient aussi, dit-on, s'en prendre à une personne endormie. Ils sont infectieux par leurs morsures, mais aussi par leurs déjections et, plus encore, par leur sang transmis par des insectes ou tiques. Ils forment une espèce invasive qui s'attaque à la nourriture, aux récoltes qu'ils mangent et surtout qu'ils souillent par leur urine et leurs excréments. Ils s'en prennent aussi aux fils électriques et aux câbles ou canalisations qu'ils rongent, ce qui peut causer des incendies, ou des fuites d'eau ou de gaz. Par leurs terriers, ils peuvent même fragiliser des habitations. Outre les putois et fouines, les chats sont les prédateurs naturels de *Rattus rattus*. Contre les *Rattus norvegicus*, plus gros, les chiens ratiers sont mieux adaptés. Contre tous, il y a aussi les rapaces, les serpents et les renards. Et puis l'homme : dans le cadre de la dératisation, on utilise de la mort aux rats ou des pièges, voire des ultrasons. Certains produits comme l'arsenic, trop dangereux pour l'homme, ont dû être interdits. Les primes que l'on versait jadis à ceux qui ramenaient des rats morts ont dû être abandonnées : on verra plus loin pourquoi. En 1902 l'Association internationale pour la destruction rationnelle du rat était créée à Copenhague : le problème de la lutte contre la prolifération des rats est aussi ancien qu'universel.

Mais les rats ne se laissent pas facilement piéger : ils ont un bon odorat, un bon sens du toucher et une bonne ouïe, ils peuvent utiliser des éclaireurs ou goûteurs, et ils se préviennent par des sons inaudibles par l'homme. Et puis surtout, ils sont malins et sentent venir le danger. Ils savent fuir à temps avant un cataclysme. Cela illustre l'expression *les rats quittent le navire*. À signaler cependant qu'ils sont myopes, mais leurs vibrisses compensent cela. À noter aussi qu'ils sont propres, contrairement à ce que l'on croit : ils se nettoient avec les pattes avant, se toilettent plusieurs fois par jour, même mutuellement. C'est le léchage et le grignotage du poil. Ils se marquent certes par des gouttes d'urine, mais chaque société, animale ou humaine, a ses particularités. Chez eux, une autre particularité, c'est aussi de dormir en tas. Parmi leurs qualités : ils sont solidaires et peuvent s'entraider, et surtout ils sont intelligents. Leur société est de type hiérarchique : la place du mâle dominant est convoitée, et cela peut entraîner des combats.

Les rats ont eu longtemps, et ont encore, une image négative en Occident. Ils sont associés à la saleté et à la peste, aux maladies et aux récoltes dévorées. Leur mauvaise réputation vient aussi de leur physionomie qui peut paraître peu avenante et même inquiétante, et aussi du fait que le rat se cache, se montrant plutôt la nuit : c'est la bête des ténèbres. Un thème qui a été repris dans la littérature. On se souvient ainsi de la légende allemande du joueur de flûte de Hamelin, racontée par les frères Grimm. La ville était envahie par les rats et ses habitants mouraient de faim. Un joueur de flûte se présente et propose de débarrasser la ville de ses rats, contre la rémunération promise par le maire. En jouant de la flûte, l'homme attire les rats dans la rivière où ils se noient. Mais les habitants refusent de le payer et le chassent. Il revient quelque temps plus tard, et attire alors les enfants en jouant encore de la flûte. Leurs parents ne les reverront jamais.

Les villes sont le royaume des rats. Paris aussi, même si pour les rats, c'était mieux avant. Avant, il y avait en effet de quoi bien se sustenter, entre les abattoirs, les Halles, et surtout la Grande Voirie ou voirie de Montfaucon : le paradis des rats ! C'était une immense décharge à ciel ouvert, là ou se trouve aujourd'hui le parc des Buttes-Chaumont. À l'origine, Montfaucon c'était l'emplacement d'un impressionnant gibet de seize fourches patibulaires où les pendus étaient exposés aux vents et aux corbeaux. Après la disparition du gibet vers 1760, la voirie de Montfaucon fut choisie pour être la principale, puis l'unique décharge destinée à recevoir les fosses d'aisance de la ville avant leur transformation en engrais. La voirie était en plus un clos d'équarrissage, un mouroir pour chevaux où l'on amenait aussi des chiens, des chats et de petits animaux. Ils y étaient abattus par milliers. L'odeur y était pestilentielle. Pour les hommes, c'était un enfer. Les rats y pullulaient : pour eux, c'était le paradis !

Tout cela a disparu, la vie des rats en a été bouleversée, mais ils sont toujours là. Les inondations et les grands travaux d'aménagement de Paris les ont perturbés, notamment la construction du métro, mais personne n'a pu les chasser. Aujourd'hui, on accuse les rats de nuire au tourisme : voir des rats en pleine ville, à Paris, ou ailleurs, cela fait mauvais genre. Plus récemment, cependant, le rat est devenu un animal domestique. Au début, c'était l'animal de compagnie de quelques marginaux, puis sa popularité s'est accrue. Les rats sont joueurs et aiment être cajolés par les humains auxquels ils peuvent s'attacher. La femelle est d'ailleurs reconnue comme étant plus joueuse que le mâle, lequel est plus câlin. Le rat est aussi, bien sûr, utilisé dans les laboratoires pour des expériences qui ne pourraient être faites directement sur l'homme. Son utilité en tant qu'éboueur est reconnue : à Paris, les rats dévorent plusieurs centaines de tonnes d'ordures chaque jour, ce qui évite que les canalisations ne soient bouchées et que des eaux sales ne se répandent dans les rues. Les campagnes de dératisation ne visent donc pas à les exterminer, mais juste à maintenir l'équilibre de leur population. À noter aussi l'existence de rats démineurs, plus efficaces que les chiens : leur odorat est meilleur et, comme ils sont plus légers, ils risquent moins de sauter sur une mine. Ils peuvent aussi détecter de la drogue, ou les malades ayant la tuberculose. Mais en fait, même s'ils sont appelés ainsi, ou rats géants de Gambie, ils n'appartiennent pas à l'espèce *Rattus :* ce ne sont pas des rats, juste de lointains cousins. Dommage ! À signaler encore, pour illustrer la longue familiarité de l'homme avec le rat, la tradition des jeux de sang dans les ratodromes : on y faisait jadis combattre des rats contre un chien. Cette pratique a heureusement disparu. Enfin, faut-il rappeler que les rats ont servi de nourriture lors du siège de Paris en 1870 ? Les rats sont encore mangés dans d'autres parties du monde.

En Orient le rat a une image différente, plus positive. On y salue son intelligence et on l'associe à la bonne fortune. En Chine, le rat est d'ailleurs le tout premier animal du cycle zodiacal. Selon la légende de la grande course, le rat a dupé le bœuf pour qu'il l'emmène. Juste avant la ligne d'arrivée, il a sauté et atterri avant le bœuf, devenant ainsi le premier. L'année du rat a lieu tous les douze ans. La dernière a eu lieu du 25 janvier 2020 au 11 février 2021. Les personnes nées lors d'une année du rat sont supposées avoir un caractère correspondant à cet animal. Inutile de préciser que l'astrologie chinoise n'est pas plus scientifique que l'astrologie connue sous nos cieux. Au Japon, le rat est synonyme de richesse et de chance, mais la langue japonaise ne le distingue pas de la souris. En Inde, le rat est la monture de Ganesh, une des divinités les plus populaires de l'hindouisme. Les rats peuvent aller et venir dans les rues, cela n'offusque personne. En outre, le temple de Deshnoke, dans le Rajasthan, dédié à Karni Mata, a ses rats sacrés qui y circulent parmi les hommes. Karni Mata est une sage hindoue adorée en tant qu'incarnation d'une déesse. Voir un rat blanc dans son temple – il y en aurait quatre ou cinq – parmi les milliers de rats noirs, est un signe de bon augure. Les rats noirs sont censés être la réincarnation de conteurs et de poètes. Les rats blancs, eux sont la réincarnation de Karni Mata et de sa famille. Il faut faire attention où l'on met les pieds : si quelqu'un tue par accident un rat du temple, il doit offrir une statuette en or massif aux brahmanes. Mais les rats sont la plupart du temps endormis aux quatre coins du temple, sauf quand ils vont manger dans les grands plats métalliques disposés ici et là. Ils mènent une vie de pacha, les dévots leur faisant en plus des offrandes de sucreries. Ainsi gavés à longueur de journées, les rats deviennent obèses et léthargiques. Les plus zélés des dévots trempent quant à eux les doigts dans les bols de lait des rats puis les lèchent, ou mangent même les sucreries qui ont été touchées ou grignotées par les rats, car tout ce qui est touché par les rats est sacré. Il paraît que la population de rats n'augmente jamais, et que l'on n'y voit pas de ratons : les plus vieux se réincarneraient à leur mort, et les nouveaux-venus surgiraient de nulle part. Les mauvaises langues impies disent cependant que la population est plutôt régulée par les épidémies qui la ravagent périodiquement.

Sans aller jusqu'à lui vouer un culte, l'Occident a pu néanmoins, on l'a vu, reconnaître l'utilité du rat. En France, Jean de La Fontaine lui a consacré une belle fable, *Le lion et le rat* :

Il faut, autant qu'on peut, obliger tout le monde :
On a souvent besoin d'un plus petit que soi.
De cette vérité deux fables feront foi,
Tant la chose en preuve abonde.

Entre les pattes d'un lion
Un rat sortit de terre assez à l'étourdie.
Le roi des animaux, en cette occasion,
Montra ce qu'il était, et lui donna la vie.
Ce bienfait ne fut pas perdu.
Quelqu'un aurait-il jamais cru
Qu'un lion d'un rat eut affaire ?
Cependant il advint qu'au sortir des forêts
Ce lion fut pris dans des rets,
Dont ses rugissements ne le purent défaire.
Sire Rat accourut, et fit tant par ses dents
Qu'une maille rongée emporta tout l'ouvrage.
Patience et longueur de temps
Font plus que force ni que rage.

L'autre fable concerne la colombe et la fourmi, mais point le rat, donc inutile de la citer.

Fort bien, mais l'homme ne veut pourtant aucune bestiole en sa demeure. Même pas d'araignées assez inoffensives qui pourraient tuer les mouches et moustiques et autres insectes qui l'embêtent. Il est vrai que des toiles d'araignée chez soi, ça fait désordre. Quant aux rats, quelle horreur... sauf, éventuellement si ce sont des rats domestiques. Pourtant les rats ne sont nullement les animaux les plus dangereux, même s'ils effraient beaucoup de personnes. Les apparences peuvent d'ailleurs être trompeuses : les animaux les plus dangereux sont les plus petits. Les moustiques sont ainsi les plus grands ennemis du genre humain. Responsables notamment du paludisme, de la dengue et de la fièvre jaune, ils tuent jusqu'à un million de personnes par an. Ensuite viennent les serpents, avec autour de cinquante mille morts, voire le double ou plus, puis les chiens – que l'on n'imaginait peut-être pas ici, mais il y a les chiens sauvages, ceux qui ont la rage, etc. – avec moitié moins de morts. Les mouches tsé-tsé tuent autour de dix mille personnes, tandis que les escargots d'eau douce en tuent autant, ou beaucoup plus. Nul ne peut savoir combien précisément, les chiffres estimés peuvent être en-deçà de la réalité. Des punaises, les réduves, emportent autour de dix mille personnes par an. Des parasites de l'homme (ascaris, cestodes) en tuent de trois mille à sept mille. Les scorpions en tuent trois mille ou plus. Les crocodiles, quant à eux, en tuent autour d'un millier, et les hippopotames et les éléphants moitié moins. Le lion, pour sa part, tue une centaine de personnes par an, plus du double du tigre. Les requins, les loups, les araignées en tuent une dizaine, bien moins que les méduses. L'ours ne cause, lui, que quelques morts par an. Par comparaison, et rien qu'en France, abeilles, guêpes et frelons causent une quinzaine de morts par an. Dans le monde, ils feraient autour de quatre cents morts.

Et puis n'oublions pas l'homme lui-même : il y aurait un demi-million d'homicides, plus les victimes des guerres. Les nombres varient chaque année, mais on peut estimer que l'homme tue moins d'hommes que le moustique. Sauf si l'on prend en compte les morts causés par les accidents (largement plus d'un million pour les seuls accidents routiers) et les suicides (autour de sept cent mille par an). Auquel cas l'homme est lui-même son principal ennemi.

Et les rats ? On les a accusés jadis d'avoir propagé la peste noire – cette terrible peste qui a fait une dizaine de millions de morts, le tiers de la population européenne de l'époque. Si tel était le cas, les rats seraient parmi les plus grands criminels de l'histoire. Mais ce n'est pas forcément aussi simple, comme nous allons le voir.

Il y a eu trois grandes pandémie dans l'histoire, faisant suite à des cas nettement antérieurs, mais on ne peut pas établir avec certitude qu'il s'agissait toujours vraiment de la peste.

La première, appelée la peste de Justinien, eut lieu du VIe au VIIIe siècle.

La deuxième, ce fut la peste noire, du XIVe au XIXe siècle. Elle eut de nombreuses résurgences et fut donc très meurtrière.

La dernière eut lieu après le milieu du XIXe siècle, jusqu'au milieu du siècle suivant. Ce fut à l'occasion de cette pandémie qu'a été compris le cycle de la peste : un bacille, la bactérie *Yersinia pestis*, infecte un rongeur et est transmise à l'homme via les puces qui se nourrissent du sang de ce rongeur. Lors de la dernière pandémie, le rat était ce rongeur. À partir des cas observés lors de cette pandémie, on en a déduit qu'il en avait été de même lors des deux pandémies précédentes. Auparavant, on ne faisait pas de rapport entre la présence du rat et la peste.

Autour de 1920, la pandémie était à Paris et en région parisienne. On l'appelait la peste des chiffonniers. Ceux-ci vivaient dans des ghettos insalubres situées sur les anciennes fortifications de Paris. C'était la *Zone* boueuse où la vermine et les rats pullulaient naturellement. Les chiffonniers en faisaient aussi l'élevage depuis des années pour les ratodromes où les chiens combattaient les rats, ou pour faire des gants avec leur peau. Certains s'étaient formés à la chasse aux rats lors du siège de Paris de 1870, quand ils les avaient chassés pour les manger ou les vendre comme nourriture. Ils avaient côtoyé encore plus les rats auparavant quand ils ramassaient les chiffons sur la voie publique, avant que M. Poubelle n'instaurât l'usage de l'objet tiré de son nom en 1884. Quand les autorités décidèrent de donner une prime à qui leur amènerait des rats morts, ils en élevèrent exprès pour les tuer. À cause de cette mesure, ils côtoyèrent donc encore plus les rats : c'était le contraire de l'effet recherché ! Dans les années 1920, les chiffonniers furent accusés d'être pour quelque chose dans la propagation de la peste. Les chiffonniers, mais aussi les Juifs – traditionnels boucs émissaires. Les accusations ne furent que verbales : le mot *ratonnade* devait faire fortune quelques années après, mais pour un autre groupe ethnique. Tout cela sonna cependant un peu creux : la peste ne tua qu'une trentaine de personnes ou un peu plus, alors que la grippe espagnole en avait tué des centaines de milliers.

À partir de ces mêmes années 1920, des HBM, ou Habitations Bon Marché, furent construites sur l'emplacement des anciennes fortifications. Les ratodromes devinrent moins populaires et le temps de dépose des ordures fut aussi réduit pour ne pas attirer les rats. Les chiffonniers allèrent occuper d'autres emplois dans l'industrie automobile ou le bâtiment. On interdit aussi le chiffonnage et les fouilles dans les poubelles. Quant à la dératisation, elle devint obligatoire en 1936. Une page se tournait. Elle se tourna encore plus, on l'a vu, dans les années 1970 avec le déménagement des Halles et des abattoirs. Aujourd'hui, les poubelles sont adaptées pour ne pas être accessibles aux rats. Ceux-ci sont cependant toujours là et y resteront, car la dératisation n'est pas l'extermination. Celle-ci est impossible et n'est même pas souhaitable, comme nous l'avons vu. S'il est vrai que les rats sont une espèce invasive, ils ne sont pas les seuls dans ce cas. Les chats, par exemple, en forment une autre, surtout les chats errants : les oiseaux qui sont tués par millions en savent quelque chose. Pour les chats, comme pour les rats, il appartient à l'homme de réguler leur population.

Le rat vit sur notre insalubrité. Ce n'est pas que le rat soit sale, il ne l'est plutôt pas, mais il faut bien se nourrir, et nos ordures le lui permettent. À choisir, il préférerait peut-être vivre au chaud et à l'abri, et manger de la bonne viande. En outre, il faut rappeler que si les rats étaient infectés lors des épidémies de peste, c'étaient en fait les puces qui propageaient principalement l'infection chez les hommes. Au demeurant, même si l'hygiène est importante, la propreté n'est pas tout : à notre époque où tout un chacun peut se tenir propre, on en est encore à faire la chasse aux poux dans la chevelure des écoliers. Le rôle des puces dans la propagation de la peste a d'ailleurs été revu à la hausse.

Autrefois, avant la dernière pandémie, on distinguait mal les différentes espèces de rongeurs. On a accusé les rats, mais d'autres rongeurs ont pu jouer un rôle, comme la gerbille, le campagnol, le loir, la marmotte, et même l'homme avec ses postillons. Il faut en effet distinguer la peste bubonique véhiculée par les puces, avec ou sans rats, de la peste pulmonaire transmise par l'homme. Il faut également noter que la peste se propageait là où les conditions lui étaient favorables : dans les épisodes de guerres ou de famines, quand la résistance humaine aux maladies était affaiblie. Son expansion dépendait d'autres causes que la présence du rat. Même là où celle-ci était importante, il n'y avait pas forcément la peste. Par contre, des personnes bien portantes pouvaient héberger le bacille pendant des années avant de le transmettre, ou des puces pouvaient le répandre d'un individu à l'autre.

Le cas de la peste noire montre aussi de nombreuses résurgences qui peuvent s'expliquer par différentes causes encore à éclaircir, comme peut-être par des cycles chez les humains ou chez les rongeurs – cycles qui pourraient jouer un rôle favorisant ou non l'expansion de la pandémie. Notons cependant que pour la freiner ou l'éliminer, il fallait mettre à l'écart les pestiférés : les confiner, donc. Une pratique qui devait plus tard revenir d'actualité... Contre la peste et d'autres infections, les mesures à suivre sont bien connues aujourd'hui : avoir et maintenir une bonne hygiène, et chasser les rongeurs et insectes, comme les puces, les tiques, les punaises, les moustiques, etc.

De façon assez ironique, certains ont avancé que, peut-être, le surmulot, le *Rattus norvegicus*, en refoulant le rat noir ou *Rattus rattus* à la campagne à partir du XVIII<sup>e</sup> siècle, avait brisé la chaîne de contamination de la peste noire. En effet, *Rattus norvegicus* aurait contribué à séparer de l'homme le trop familier *Rattus rattus*. le rat qui était surtout présent lors de la peste noire et avant. Comme celui-ci a en grande partie fui à la campagne, c'est là une raison de moins craindre la peste dans nos villes.

On le comprend donc, quand on implique le rat dans la propagation de la terrible peste noire, il faut savoir y apporter des nuances. À noter aussi, toujours en matière de maladies, qu'un rat enragé, cela n'existe pas : le rat ne transmet pas la rage. On ne peut quand même pas tout lui mettre sur le dos...

En tout cas, après le rat noir accusé de tous les maux, après le rat gris qui fait peur dans les rues, et après le rat blanc des laboratoires sacrifié pour la recherche scientifique et dont le sort émeut de temps en temps l'opinion publique, le rat domestique réconcilie aujourd'hui certains humains avec un animal qui, décidément, ne veut pas les quitter, et ne les quittera jamais. Gageons que quand l'humanité déménagera sur une autre planète, le rat sera forcément du voyage.

*Autres livres du même auteur vendus en ligne sur les sites comme Amazon, la Fnac, Cultura, leslibraires.fr, placedeslibraires.fr, uculture.fr, etc., :*

**Opticon Tessour (1950-2049) philosophe et président de la République française**

Notre ancien président Opticon Tessour n'est plus.

L'auteur, qui fut le préfacier de deux de ses livres, nous apporte ici son témoignage sur la vie et la philosophie de celui qui fut notre président de la République le plus âgé, mais aussi le plus épris de sagesse.

Il retrace ici les grands événements de ses mandats, et récapitule quels furent les enseignements d'Opticon Tessour sur le bonheur et les grands principes de la République.

## L'entonnoir de la vie

L'entonnoir de la vie ?  Quel rapport peut-il y avoir entre la vie et un entonnoir ? La vie serait-elle comme un entonnoir ?

Quand on entre dans la vie, l'univers des possibles est déjà limité, comme avec un entonnoir. Puis, avec les années qui passent, cet univers se rétrécit,  et l'on glisse inexorablement vers sa fin, tout comme avec un entonnoir l'on glisse vers son bout.

Mais tant qu'il y a de la vie, il y a de l'espoir !

Ce livre joue alors au jeu de la vie, au jeu des sept familles ramenées à deux, pour simplifier : il raconte l'histoire de deux familles, avec leurs multiples personnalités et destins, où chaque individu est comme un entonnoir qui peut déboucher à son tour sur un nouvel entonnoir, et la vie se prolonger ainsi indéfiniment. Cela fait au final tout un tas d'histoires qui témoignent de la vie de tous ces émigrés et Français de souche qui ont fait la France actuelle. D'un entonnoir à l'autre, c'est l'histoire de plusieurs vies, c'est l'histoire de la France d'hier et d'aujourd'hui.

## La conspiration des chats

Les chats pourraient-ils un jour ourdir une conspiration pour dominer le monde ? Insidieusement, à pas feutrés, ils se sont mis à remplacer le chien dans nos foyers.  Le plus vieil ami de l'homme a cédé sa place à un être qui a pris ses aises chez nous.

Jusqu'à présent, de gré ou de force, tous les animaux obéissaient à l'homme. Mais le chat n'obéit qu'à lui-même, et maintenant l'homme lui obéit. Veut-il entrer ou sortir, veut-il manger, ou quoi que ce soit d'autre ? L'homme lui ouvre les portes et le nourrit, se tient à sa disposition, lui donne son fauteuil, son canapé, son lit, partout la meilleure place. Le chat ne vit pas chez l'homme, c'est l'homme qui vit chez le chat. Que lui manque-t-il alors pour être vraiment le maître du monde ? Une ultime mutation ? Une véritable conspiration

*Autres livres de l'auteur, sous le nom d'Opticon Tessour :*

**Tout cela a-t-il un sens ?**

Comprendre la vie, le monde et l'histoire
grâce aux... poissons rouges !

Comment expliquer le monde qui nous entoure, ce tourbillon de vie qui entraîne tout ce qui existe ? Pourquoi la vie ? Pourquoi la mort ? Tout cela a- t-il un sens ? Opticon Tessour, le chercheur français mondialement inconnu, formé dans les plus grandes universités comme Cambridge et Harvard, dérange les mythologies, les religions et la théologie, la philosophie, l'histoire, la science et la littérature pour tenter d'expliquer l'inexplicable. Dans un style limpide comme l'eau de pluie que traverse l'arc-en-ciel un jour d'été, il dévoile enfin le pourquoi du comment du sens de l'histoire. Et cela, grâce à ses poissons rouges ! Ceux-ci, pourtant muets comme des carpes, nous donnent ensuite leur point de vue, ou du moins celui d'Opticon Tessour lui-même qui, s'étant assoupi dans son spa après un repas bien arrosé, s'est vu en poisson rouge. Opticon Tessour a alors tout compris : le Big Bang, la naissance des atomes, puis celle des poissons rouges, leur vie mouvementée, leur destin singulier, et partant celui de l'Univers entier.

Les poissons rouges peuvent-ils nous apprendre à être heureux comme des poissons dans l'eau ? Ou simplement à nous imprégner de leur ineffable sérénité ? Voici un livre pour en être persuadé. C'est en tout cas l'opinion qu'Opticon Tessour partage avec lui-même. Cela peut avoir du sens, et puis l'histoire ne devrait pas finir en queue de poisson ! Afin de tirer le meilleur parti de ce livre, il ne vous sera pas nécessaire de vous mettre dans la tête d'un poisson rouge, ni de demander à votre poisson rouge préféré des explications si vous ne comprenez pas tout, mais peut-être qui sait si entre lui et vous, les similitudes ne sont pas plus grandes qu'escompté ? Dans ce cas, les réponses données à vos poissons rouges ou par les poissons rouges seraient aussi les vôtres, et vous pourriez alors comme eux nager dans leur apaisante sérénité...

## Le cri du poisson rouge

Le cri du poisson rouge ? Mais quel peut être ce cri, puisque les poissons, rouges ou non, sont tous muets comme des carpes ? La nature de ce cri, c'est ce que ce livre vous propose de découvrir, ainsi que plusieurs anecdotes concernant les poissons, rouges ou non. Des anecdotes qui en disent aussi beaucoup sur le genre humain lui-même.

Opticon Tessour, le célèbre auteur de *Tout cela a-t-il un sens ?,* signe ici un livre qui fera date pour qui s'intéresse aux poissons, rouges ou non.

À sa demande, Joël Carobolante, trésorier honoraire de l'Association ataraxique des amis des animaux aquatiques et des amphibiens, a accepté bien volontiers de préfacer cet ouvrage.


## Élisez-moi à l'Élysée !

Opticon Tessour vous demande de l'élire à la présidence de la République dans ce livre qui présente le candidat, ainsi que son programme, pour l'élection de... 2037 !

Ce n'est pas qu'Opticon Tessour s'y prenne en avance, c'est que l'action de ce livre se situe en 2033. Pourquoi 2033 ? L'auteur veut sans doute anticiper sur lui-même, être en avance sur son temps. Allez savoir...

En tout cas, tenez-vous prêts, informez-vous, lisez donc le livre d'Opticon Tessour dès maintenant !

Ce livre est la transcription d'un entretien accordé par l'auteur à Pierre Pratlong, du journal « Le cri du poisson rouge ».

Mais ils ne se croiseront pas.

Par contre, tous feront la connaissance d'un monstre nommé Dakaï, ainsi que d'autres protagonistes qui pourraient avoir un rôle important.

Le vrai méchant est-il celui que tout désigne ? Qui est vraiment responsable de tout ce qui arrive ?

Vous le saurez en suivant nos héros.

Tout acte a ses conséquences.

Le prix sera lourd à payer.

**Mystères**
**Sept histoires abracadabrantesques**

de Brigitte Carobolante

Voulez-vous rêver et vous évader ?

Alors, plongez dans ces sept histoires pour y découvrir le mystère de chacune.

Suivez les pas d'Alice, rencontrez le peuple de Zorg et découvrez d'autres aventures.

Ces histoires, pour petits et grands, à la lecture facile, un peu semblables à des contes, vous emmèneront vers des intrigues nimbées de fantastique.

En route !

Un voyage vous attend pour un périple qui vous transportera aux confins de la réalité vers l'imaginaire.